귀신 사냥꾼

온후 퓨전 판타지 장편소설

WISHBOOKS FUSION FANTASY STORY

귀신 사냥꾼 5

온후 퓨전 판타지 장편소설

초판 1쇄 찍은 날 | 2018년 3월 21일
초판 1쇄 펴낸 날 | 2018년 3월 28일

지은이 | 온후
펴낸이 | 예경원

기획 | 위시북스
편집책임 | 이규재
편집 | 이즈플러스

펴낸곳 | 예원북스
등록번호 | 제396-2012-000132호
등록일자 | 2012. 7. 25
KFN | 제1-232호

주소 | 경기도 고양시 일산동구 호수로 646-24 위너스21 II 빌딩 206A호 (우)10401
전화 | 031-819-9431 팩스 | 031-817-9432
E-mail | yewonbooks@naver.com

ISBN 979-11-6098-869-7 04810
979-11-6098-697-6 (set)

※ 이 도서의 국립중앙도서관 출판시도서목록(CIP)은 서지정보유통지원시스템 홈페이지(http://seoji.nl.go.kr)와 국가자료공동목록시스템(http://www.nl.go.kr/kolisnet)에서 이용하실 수 있습니다.

귀신 사냥꾼
5
온후 퓨전 판타지 장편소설
WISHBOOKS FUSION FANTASY STORY
Wish Books

거신 사냥꾼

CONTENTS

27장 경합의 장(2)	7
28장 형벌의 감옥	29
29장 까마귀 군주	89
30장 7대 죄악	121
31장 마계 옥션	165
32장 이그닐(1)	279

27장
경합의 장(2)

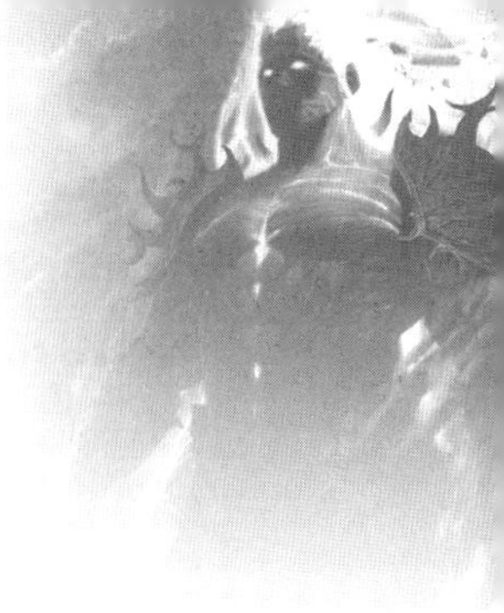

검신 아르켄. 그가 데몬로드의 침공 직후 바람처럼 사라진 뒤로 그 누구도 봤다는 사람이 없었다.

김민식. 그 역시 과거로 돌아오고 가장 먼저 찾은 게 검신 아르켄의 존재였다. 하지만 아무것도 아는 게 없으니 찾는 게 불가했고, 아포칼립스 길드를 발족하며 그 기원을 따라가려 하였으나 의도치 않은 장소에서 만나게 된 것이다.

과거에서 검신 아르켄이 최초로 모습을 드러낸 건 앞으로 5년은 지난 뒤였다.

최초의 용의 침공에서 그가 용의 머리를 베었다. 그때부터 그는 두각을 드러냈으며 오랜 시간, 최후의 최후까지 '최강'이라 불리었다. 후에 용을 얻기는 했지만 원래부터 백색의 용도 다루고 있었던 것인지.

하지만 역시나 의문이었다.

그가 대체 왜 이곳에 있단 말인가?

아침이 됐다.

12시간이 흐르고 술래와 도망자의 역할이 바뀌었다.

4만 명이 넘었던 인간 군집은 고작 몇 시간 사이에 5천 명이 증발해 있었다. 죽은 건 아니다. 대부분이 '입장권'을 얻고 대기방으로 이동된 것이었다.

[생존자와 탈주 고블린의 비율이 1:3.44입니다.]

고블린의 비율이 크게 줄었다. 수만의 고블린이 고작 반나절 사이에 죽었으니 당연한 결과였다.

나는 천천히 이타콰의 등에서 내렸다.

꿀꺽!

모두가 긴장한 채로 나를 바라보고 있었다.

전신에 잔뜩 피를 묻힌 인파가 둥그렇게 나를 감쌌다.

그 중심에 김민식, 녀석이 있었다.

"아르켄. 그대의 이름이 아르켄이 맞습니까?"

나는 고개를 끄덕였다.

유서희를 발견하고 그녀가 과거의 아르켄임을 알아냈을 때부터 나는 검신 아르켄이 본래 입고 다니던 갑옷을 만들기 시작했다.

어차피 유서희가 내 제자가 된 이상 다시는 '아르켄'이 세상에 나타날 일은 없다.

그러니 그 가면을 대신, 내가 쓴다.

"아르켄, 그대는 우리의 적입니까?"

고개를 끄덕이지도 젓지도 않았다.

나에게 의지하게 만들어선 안 된다. 민식이만이 아니라 이곳에 모인 모두에게 해당되는 말이었다. 최후의 영웅은 한 번이면 되었다. 내가 할 일은 그저 이들에게 길을 열어주는 것뿐이다. 걸어가는 건 각자 본인의 몫이었다.

"그대는…… 누구입니까?"

또한, 내 눈으로 본 민식은 훌륭하게 성장한 상태였다.

과거의 나보다도 빠른 성장을 이뤄내고 있었다. 현시대에서 민식이와 대적할 수 있는 이는 손가락에 꼽을 것이다. 내가 진정 '천재'라고 인정한 자들이 아니라면 사실상 녀석은 최강이었다.

거기에 길드까지 등에 업었으니 누가 녀석을 막겠는가.

그래서 나도 녀석의 독주를 막고자 유서희를 키우고 있었다. 둘이 선의의 라이벌이 되어 성장하길 원하지 내가 거기에 끼고픈 마음은 추호도 없었으므로.

녀석은 본래 내가 했어야 할 일을 충실히 수행하는 중이었고, 그 바람대로 크게 이탈하지 않으며 '영웅'의 길을 걷고 있었기에.

이 역시 답하지 않았다.

하나 얼굴을 보였으니 약간의 경고는 되었을 테다.

스스로의 나태함을 채찍질하며 녀석 또한 발악하기를 바란다.

그래야만 앞으로의 변화에 적응할 수 있을 것이다.

나는 천천히 이타콰의 등에 올랐다.

펄럭!

그대로 이타콰가 날개를 흔들었다.

쉬이이이이이!

순식간에 바람을 가르고 그 자리에서 멀어져 갔다.

술래의 시간이 되고 날개 달린 고블린을 죽인 뒤 얻은 것이 있었다.

['탈주 고블린(8각수)' 한 마리를 잡았습니다.]

[특수 보상으로 '검은 파편' 1개를 획득했습니다.]

['검은 파편' 은 특수한 장소에서 사용되는 특수한 화폐입니다.]

[앞으로 3마리를 더 잡으면 입장권을 얻을 수 있습니다.]

녀석을 죽이자 떠오른 글귀들.

큰 뿔이 여덟 개 있었기에 8각수인 모양이었다.

그리하여 얻은 '검은 파편'은 나에게도 매우 유익한 정보가 되었다.

'7대 주선을 얻는 열쇠!'

7대 주선. 그중 '인내'를 이 싱크홀 안에서 찾을 수 있다고 하였다.

하지만 아무도 얻지 못했다.

모두 하나같이 '기준'에 부합하지 못해서다.

그 기준이라는 건 이 '검은 파편'이 아니었을지.

또한 이것이 고블린들을 변형시키는 원인 같은 게 아닐까.

그렇다면 이 파편을 나는 더 모을 필요가 있었다.

계속해서 의문이 있었다.

나는 지배자와 천지인의 조화로 '진화'라는 특별한 힘을 얻었다.

누구에게도 허락되지 않은 나만의 권능. 과거에도 이와 같은 힘은 본 적이 없었다.

하지만 고블린들은 인간을 죽여서, 혹은 동료 고블린들을 죽여서 신체의 변형을 낳는다. 뿔이 더해질수록 강해지고 날개가 생기는 등의 변화가 생긴다.

이것을 진화라고 칭해야 하는지.

결론은 비슷해도 '다르다'는 것이었다.

'놈들이 하는 것은 포식이다.'

뿔은 포식의 상징이다. 날개 달린 고블린은 여덟 개의 뿔을 가지고 있어서 '팔각수'라고 불렸으나 단순한 수치만으로 계산하면 인간 400명을 죽였다는 뜻이다.

그리고 그 400명의 생명을 포식하여 '검은 파편'을 체내에 만들었고, 이로 인해 변화가 발화된 것으로 보인다.

하지만 자연스럽지 못하다. 예컨대 내가 지배한 고블린들. '오각수'를 넘어가자 신체의 변형이 뚜렷해지기 시작했지만 신체가 골고루 발달하지는 못했다.

세 마리의 오각수 중 한 마리가 죽었다. 변화를 이기지 못하고 스스로 자멸한 것이다. 오각수에 이르기 전에 죽는 고블린도 더러 있었다.

아마도 '검은 파편'을 만들지 못해서 죽는 것 같았다.

'억지로 신체 능력을 끌어올리는 행위.'

확신했다.

놈들은 '무리'를 하고 있었다. 그래서라도 강해지려고 애를 쓰는 중이다.

체내에 검은 파편을 생성하여 더한 변화를 꾀하고 있었다.

왜?

'팔각수는 이타콰를 알아봤다.'

더욱 놀라운 건, 팔각수가 이타콰를 '현안의 용'이라 칭한 사실이다.

이타콰와 이그닐을 낳은 존재는 '지혜와 현안의 어머니 발푸르기스'다. 적어도 내가 과거에 보았던 용들 따윈 상대가 안 될 정도의 격을 지녔다는 것이 확실한 그 용을, 어찌 고블린 따위가 알아볼 수 있단 말인가.

이 역시 자연스러운 현상은 아니다.

나는 가만히 '검은 파편'을 주시했다.

['심안(9Lv)' 이 발동합니다.]

<검은 파편(value-???)>

● 특별한 장소에서 사용할 수 있는 화폐.

● 찢어진 고대의 지식이 담겨 있다.

●● 아카식 레코드의 레벨이 너무 낮아 열람 불가.

아카식 레코드.

우주의 무한의 정보를 담고 있는 지식의 창구.

나는 일전 그 첫걸음을 걸어 정령을 볼 수 있게 되었다. 그런데 그 아카식 레코드의 이름이 여기서 나타난 것이다.

확실한 건 이 검은 파편 또한 '지식'이라는 것.

'파편 안에 잠재된 지식을 고블린이 읽었단 뜻일까.'

그게 아니라면 설명이 안 되는 현상이었다. 수백, 수천 명의 생명을 포식하여 아카식 레코드상의 지식을 불러들이는 듯싶었다.

나는 이와 비슷한 물건을 하나 알고 있다.

'현자의 돌…….'

침을 꿀꺽 삼켰다.

과거 엘더 리치의 침공에서, 녀석은 중국 전역에 걸쳐 마법진을 그리고 공간 안의 모든 생명력을 갈취하여 '현자의 돌'이란 물건을 만들려고 한 적이 있었다.

실패했지만, 10분의 1가량 완성된 그 돌은 중국의 영토 절반을 날려 버렸다. 그 여파로 수억 명이 죽고 세계는 침체기에 빠졌다.

그리고 폭발의 여파에서 살아남은 자들은 특수한 지식을 습득하거나 각성하여 강자로서 이름을 날렸다.

고작 10분의 1가량 완성된 현자의 돌이 보여준 파괴력이었다.

후에 그 '현자의 돌'은 삼라만상의 모든 것을 담고 있는 '우주의 보고'와 비슷한 물건일 것이란 추측이 돌았다.

'억측일 것이나, 지구에 싱크홀을 만들어 우리를 불러들인 존재에 대한 의구심은 어쩔 수 없다.'

현자의 돌은 막대한 재료가 필요하다. 족히 수억 명의 생명이. 하지만 싱크홀에 들어온 사람은 10만 명뿐이었다. 설혹 고블린 등을 합친다 하더라도 한참 못 미친다.

그러나 우주의 지식, 진리를 담은 파편을 화폐로 사용하게 만든다는 점에서 의구심이 생긴다. 일단 평범한 존재는 아닐 터였다.

'적어도 대라선 혹은 그 이상의 격을 가진 자.'

우선, 요르문간드가 조용하다.

나찰산에 들어갔을 때 요르문간드는 '대라선'의 시선을 피하고자 자신을 숨기고 있었다. 이번에도 마찬가지일 가능성이 매우 높았다.

이러한 장을 연 주최자. 그 주인의 격이 당장 요르문간드를 위협하는 수준이기 때문일 것이다.

그리고 과거의 기억.

싱크홀에 들어와서 살아나간 모든 인간에게 '주최자'는 맹약을 걸었다. 절대로 안에서의 정보를 발설하지 못하도록 강력하기 짝이 없는 규제를 걸어버린 것이다.

그래서 지금의 나도 이 안에서 일어날 일을 많이는 알지 못한다. 그것은 민식이도 마찬가지일 것이었다.

마음 같아선 서로 알고 있는 정보를 교환이라도 하고 싶지만 상황이 여의치 않다. 우선 더 조사해 볼 필요가 있을 듯싶었다.

'주최자가 검은 파편을 원하는 이유. 고블린들이 무리를 해서라도 강해지려는 이유.'

억지로라도 알아내야겠다.

[216시간이 지났습니다.]

[도합 12,331명이 '형벌의 감옥' 에 머물러 있습니다.]

[도합 24,559명이 '대기방' 에 머물러 있습니다.]

[남은 생존자는 28,777명입니다.]

[생존자와 탈주 고블린의 비율이 1:4.58입니다.]

[현재 술래는 '인간' 입니다.]

[마지막 '술래' 의 시간입니다.]

며칠 전의 기습에서 형세가 역전된 이후, 사람들은 고블린의 상대법을 숙지하여 빠르게 입장권을 획득해 나갔다.

강한 사람들은 고블린의 신체에 타격을 입히고 약한 사람들부터 '대기방'에 보내는 식으로 반복하며 이제는 정예만이 남은 상태였다.

그리고 그것은 고블린들 또한 마찬가지였다.

"마스터, 고블린의 숫자가 생각보다 적습니다. 이전 술래의 시간이 끝났을 때보다 몇만 마리는 적어진 비율 아닙니까?"

"계산이 안 맞는다고 생각은 했지만 확실히 이상하군요."

"놈들끼리 전쟁이라도 치른 걸까요?"

술래의 시간이 되었음에도 그들은 바로 움직일 수가 없었다.

생존자와 고블린 간의 비율이 문제였다.

사람들은 고블린의 상대법을 알고 빠르게 '입장권'을 획득해 나가며 빠르게 소탕 작전을 펼치는 중이었다.

하지만 고블린이 술래일 바로 전 시간에, 대략 4만 마리가 증발하듯 사라져 있었다. 지금 비율대로라면 13만 마리가 있다는 뜻이지만 본래 17만 마리가 남아 있어야 했다.

아포칼립스 길드의 길드 마스터 김민식. 그는 파란색 팔라딘의 망토를 휘날리며 높은 절벽 위에서 저 먼 장소를 바라보고 있었다.

마지막 대전. 고블린들이 모여 있는 거대한 산.

'아르켄, 그의 소행인가?'

그는 아직도 용기사의 출현을 잊지 못하고 있었다. 그 강렬함은 일순간 적군과 아군을 가리지 않고 압도해 버렸으니.

하지만 과도한 생각이다. 김민식은 고개를 저었다.

주변의 흔적, 죽어 나간 고블린들을 보면 놈들끼리 전쟁을 벌인 게 분명했다. 어디에도 아르켄이 들어갈 구석은 없었다.

다만, 이상한 점이라면 고블린끼리의 전쟁은 인간이 '도망자'일 때만 일어났으며 덕분에 습격의 빈도가 현저하게 줄어들었단 것이다.

뿐만 아니라 저 산으로 고블린들을 몰아넣은 것의 절반은 전쟁을 벌이는 다른 고블린들의 덕이었다.

마치 인간들을 도와주려는 듯이 움직이는 고블린이 있었다.

'우선은 이기는 데 집중하자.'

이 경합에서 이기는 게 먼저다. 그래야만 다음 경합에서도 우위를 점할 수 있다. 감옥의 주인 '헬라시아'가 적군으로 돌아서면 골치가 아파진다. 지금 '형벌의 감옥'에 갇힌 만삼천 명 정도의 사람이 함께 적이 되기 때문이다.

우선은 이겨야 한다.

그래야 헬라시아를 얻고 '보상'도 획득할 수 있다.

김민식이 숨을 크게 들이마셨다.

그리고 검을 들어 외쳤다.

"돌격하라!"

최후의 전쟁이 시작되었다.

좌악!

크르르륵!

우와아아아아아!

전쟁이 벌어졌다. 병장기가 부딪히고, 비명을 지르는 소리가 적나라하게 내 귓가를 때렸다.

하지만 나는 전장에 참전할 수 없다.

전장이 펼쳐진 그 틈을 타 이미 이 '산'의 안으로 들어온 탓이다.

'여긴 어디지?'

존재하는 팔각수 이상의 고블린을 모두 잡고 검은 파편을 5개 모았을 때였다. 그러자 검은 파편의 검은색 기운이 내 손을 타고 흐르며 '아카식 레코드'의 다음 단계가 열렸다.

2레벨의 아카식 레코드와 다섯 개의 검은 파편이 모이자 본래는 보이지 않아야 할 '입구'가 내 눈에 들어온 것이다.

그리하여 나는 그 안으로 발걸음을 옮겼다.

거대한 산. 그 중심부에 난 투명한 입구.

'무너진 신전.'

산의 안에는 아주 오래된 신전이 있었다.

원형을 알아볼 수 없을 정도로 무너졌으나 과거 누군가를 모시던 흔적은 남아 있었다.

"아아, 우리의 신이시여."

"어찌하여 우리를 버리시나이까?"

목소리가 들렸다.

순간 주변을 둘러봤지만, 아무것도 없었다.

크르릉.

이타콰도 주변을 경계했다.

나는 흑풍검을 빼 들고 반 이상 무너진 신전의 안으로 들어갔다.

그 중심부에는 거대한 고블린이 있었다.

살아 있는 것처럼 생동감이 넘치는 고블린의 석상이었다.

그 크기만 족히 20m에는 이르는 듯싶었는데, 징그러움보단 '경건함'이 드는 건축물이었다.

'고블린의 신.'

주변에 탈주 고블린들의 석상이 함께 늘어져 있었다.

마치 찬양하듯 거대한 고블린에게 양손을 펼치며.

나는 다시금 주변을 둘러봤다.

대관절 이곳은 어디란 말인가?

쿵! 쿠우웅!

그때였다. 신전의 바깥쪽에서 육중한 무언가가 옮겨지는 소리가 들렸다.

콰아아앙!

['신전 수호자' 가 등장했습니다.]

외눈박이의 눈을 가진 거인이 신전의 위에서 나를 내려다 봤다.

언뜻 고블린을 닮긴 했으나 지나치게 컸다. 감히 고블린의 신이라 표현된 석상의 크기만 하였다.

"너는 제물이 아니로구나!"

"제물?"

"하지만 너는 파편을 가지고 있으니, 죽이고 빼앗아주마!"

눈살을 찌푸렸다.

파편이란 검은 파편을 말하는 것일 테다.

'심안.'

이름: 신전 수호자(value-지배 불가)

종족: 고블린

능력치:

힘 65 민첩 66 체력 88

지능 61 마력 60

잠재력(340/340)

미친 체력이었다.

힘과 민첩은 그럭저럭이었지만 88의 체력이라니.

외피도 뚫기가 말도 안 되게 힘들 듯싶었다.

고블린치곤 말도 안 되는 수치이긴 하지만 충분히 '상대 가능'한 선이었다. 그간 단련해 온 육체와 암령의 힘이라면 어떻게든 될 것이다.

물론 내가 다른 각성자였다면 불가능했으리라. 오로지 나이기에 가능한 일.

"이타콰."

크르르릉!

저 녀석을 죽이면 무언가가 나올까?

흑풍검을 들고 그대로 달려들었다.

[240시간이 지났습니다.]

[경합의 시간이 종료됐습니다.]

[인간의 승리입니다!]

['입장권' 을 획득했습니다.]

['대기방' 으로 이동됩니다.]

압도적인 승리였다. 마지막 술래의 시간에서 거의 모든 고블린을 멸할 수 있었다.

김민식은 아포칼립스 길드의 수장으로서 굉장한 공을 세웠다. 이대로 수월하게 진행한다면 능히 7대 주선을 얻을 수 있으리라.

대기방으로 이동되자 진즉에 그곳으로 이동해 있었던 사람들을 볼 수 있었다.

주변은 광활한 우주와 같은 공간이었다.

있는 것이라곤 유리 바닥뿐이었고 광활한 우주가 전체에 펼쳐져 있었다.

'경합은 끝난 게 아니었나?'

하지만 대기방을 벗어날 수 없었다.

분명히 240시간이 지나고 경합이 끝났음에도.

본래라면 240시간이 지난 시점에서 자동으로 다음 경합에 도달해야 했을 것이다.

[경합이 종료되었습니다.]

[경합이 종료되었습니다.]

[경합이 종료되었습니다.]

[경합이……]

이상한 일은 그뿐만이 아니었다.

"뭐야, 무슨 일이야?"

"왜 같은 메시지가 뜨죠?"

모든 사람의 앞으로 '경합이 종료되었습니다.'라는 글귀가 무한정 생성되고 있었다. 마치 에러가 일어난 것처럼.

하지만 정작 제대로 종료는 되지 않고 있었다.

'무슨 일이 일어나고 있는 거지?'

김민식은 표정을 굳혔다.

자신이 알지 못했던 일이, 인지하지 못한 장소에서 벌어지고 있는 게 분명했다.

쿠우우웅!

신전 수호자가 쓰러졌다.

지지부진한 싸움을 장장 10시간 이상 끌어온 결과였다.

"후욱, 후욱!"

식은땀을 줄줄 흘리며 이마를 훔쳤다.

헥! 헥! 헥!

이타콰는 아예 벌러덩 드러누웠다.

'그나마 체력만 높아서 다행이군.'

신체 능력치는 균형이 중요하다. 하나만 높아서 불균형이 생기면 다른 쪽으로 부작용이 나타난다. 그래서 상대가 가능했던 것이다.

슈우우웅.

곧이어 쓰러진 신전 수호자의 가슴에서 하얀빛을 뿜는 보석 하나가 떠올랐다. 생김새는 검은 파편과 똑같았으나 색깔은 완전히 반대였다.

'검은 파편에 이은 하얀 파편이라.'

공중으로 떠오른 하얀 파편을 향해 걸어갔다.

이후 바로 옆까지 도달하여 하얀 파편을 손에 쥐자 채앵! 하는 소리와 함께 파편이 그대로 폭사했다.

'뭐지?'

설마 손에 쥐었다고 부서질 줄이야.

골렘을 움직이는 마석과 같은 것이었을까?

어깨를 으쓱하며 나는 뒤를 돌아봤다. 그리고 또다시 이상함을 눈치챘다.

'시간이…… 멈췄다.'

시간이 멈췄다.

관리자인 나는 알 수 있었다. 한 번 이러한 현상을 겪어봤기 때문이다. 또한 이타콰도 석상처럼 굳어 있는 상태였다.

"너는 내 사자가 아니로구나. 관리자의 힘을 이은 인간이여."

목소리가 나는 방향으로 고개를 돌렸다.

그러자 웬 반투명한 고블린 하나가 나를 바라보는 중이었다.

28장

형벌의 감옥

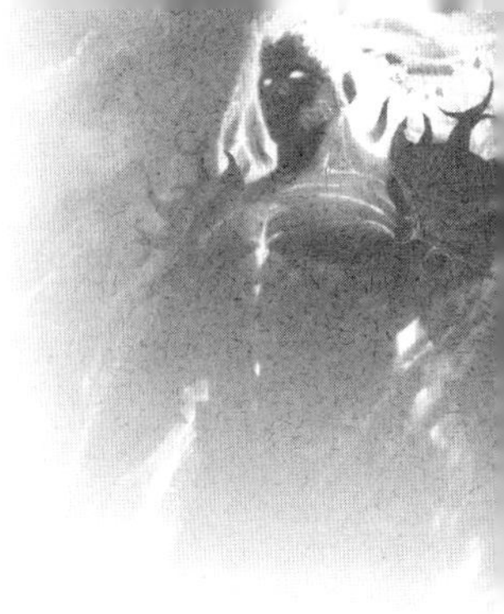

시간을 멈춘 당사자 혹은 나를 그의 시간으로 끌어들인 존재가 바로 이 고블린이었다. 하지만 예상외로 그는 우리가 흔히 생각하는 고블린의 모습을 하고 있었다.

작고, 볼품없는.

"내 모습을 보고 놀라는 눈치로군. 작고 약해진 고블린의 모습을 하고 있어서 그런가?"

"맞…… 습니다."

하지만 외견이 중요한 게 아니다.

눈앞의 고블린은 나와는 비교가 안 되는 오랜 삶을 살아온 존재다. 선도 악도 아닌 관조자의 태도를 취하고 있지만 나 역시 관리자의 힘을 이었기에 알 수 있었다. 눈앞의 존재는 존중받아 마땅하다고.

"원래라면 내 사자가 나를 깨웠어야 했네. 그런데 자네가 온 걸 보면, 문제가 생긴 모양이군."

"당신은 관리자와 비슷한 존재로군요."

"옛날에는 그랬지. 지금은 이름을 잃고 그저 이 공간에서밖에 있을 수 없는 그림자와 같지만."

인간계를 관리하던 위대한 여섯 존재.

그중 하나가 에인션트 원이었다.

하지만 그들은 죽었다. 누군가가 죽였다.

내가 관리자의 힘을 얻게 되자 알 아락사르는 '보라색 문'으로 끌려들어 갔다. 위대한 별에 의해. 5년 후 알 아락사르의 지구 침략이 예정되었고, 그는 이성을 잃기 전 내게 '관리자들의 힘을 모으라'고 말한 바가 있었다.

하지만 눈앞의 고블린은 내가 속한 인간계의 관리자가 아니다. 다른 세계의 고블린들을 이끄는 존재였다.

"말해주게. 우리는 졌는가?"

허심탄회했다. 그의 속내만큼은 절대로 읽을 수가 없었다.

하지만 그의 말에 따라 추론은 가능했다.

원래라면 이곳에 탈주 고블린이 왔어야 했고, 눈앞의 고블린은 과거의 '신'이라는 점. 아마도 탈주 고블린이 계속해서 변형하여 다섯 개의 검은 파편을 체내에 생성하면 이곳으로 인도되도록 짜인 계획이었던 모양이다.

하지만 내가 막았다. 인류가 승리했다. 마지막 술래의 시간에서 거의 모든 고블린이 잡혔다. 그들에게 기회가 돌아간대도 몇 남지 않은 고블린으로 역전은 불가능할 것이다.

"예."

"그러면 이 신전도 곧 균열 속으로 사라지겠군."

그의 눈에 파멸이 보였다. 모든 걸 놓은 듯이.

"대체 이 경합의 장이란 건 뭡니까? 누가 무엇을 위해 만든 겁니까?"

잠시 내 눈을 바라본 그가 천천히 답해주었다.

"이곳은 죽은 신들의 마지막 발악을 위한 공간이지. 이 공간을 만든 주체는 '위대한 의지'일세. 나도 자세히는 모르네만, 정통들인 애시르나 아쉬뉴르들이라면 알고 있겠지."

"혹시 그 '위대한 의지'라는 건 '위대한 별'을……."

"아니, 그 둘은 다르네."

자세히는 몰라도 어느 정도는 알고 있는 눈치였다.

침을 꿀꺽 삼켰다.

또 다른 진실에 접근할 기회였다. 에인션트 원과 같은 '죽은 관리자'인 그는 내게 제법 우호적인 태도를 취하고 있었다.

"무엇이 다른지 알고 싶습니다."

"위대한 별은 껍데기야. 위대한 의지는 그 속을 구성하는 것이지. 위대한 별은 심연에, 위대한 의지는 천계에 있으니. 엄밀히 말해서 이 '경합의 장'은 천계에서 만든 것이라고 봐도 무방한 것이야."

천계!

심연에 마족이 있듯, 천계엔 천족이 있다.

하지만 유서희를 보고 놀랐듯 나는 진짜 천족을 본 적이 없다.

과거 지구가 멸망의 기로에 섰을 때조차 그들은 나타나지 않았다. 도와주지 않았다. 많은 사람이 '신이 우리를 버렸다'며 통곡할 때에도, 단 한마디의 위로도 전해 주지 않은 게 그들이다.

"많은 게 궁금한 눈치이나 나는 본래라면 '이미 사라졌어야 할 신'이기에 말할 수 없네. 천계에 관한 사항은 나의 존재력으로는 입에 담을 수 없어."

요르문간드와 같은 이유였다.

존재력. 그것이 부족해 자세한 이야기를 할 수 없다는 뜻이다.

아마도 경합의 장을 벗어난 사람들이 '금제'를 당했듯 그들도 무언가의 규제가 걸린 모양이었다.

요르문간드는 오딘을 증오했으며, 눈앞의 고블린의 신 역시 천계의 누군가에 의해 다시금 나타날 수 있었기 때문이다.

"신전이 균열 속으로 사라진다는 건…… 반대로 말하면, 경합에서 승리했을 시엔 '관리자'로 돌아갈 수 있었단 뜻입니까?"

"비슷하지만 다르네. 내가 바란 건 '종의 복원'이었어. 세월이 흘러 고블린들은 작고 약해져 갔지. 반면에 바깥에서 본 고블린들은 어떻던가?"

"고블린이라곤 믿을 수 없을 정도로 크고 강했습니다."

그가 고개를 끄덕였다.

"모든 종족에는 그들을 관리하는 '관리자'가 있네. 그들이 죽으면 해당하는 종족은 노예로 전락하지. 그 모습을 두고 볼 수가 없었기에 '종의 원형'을 보존한 방에서 그들을 탈출시켰지만, 결국 괜한 짓이었군."

씁쓸한 듯 고개를 저었다.

그래서 '탈주 고블린'이었던 것인가.

하지만 아직도 의문은 있었다.

나는 에인션트 원의 권한을 이었다. 에인션트 원은 인간계를 지켰던 관리자 중 하나였으나 지구에 있는 어떤 것과도 다른 모습을 하고 있었다.

"제게 권한을 부여한 관리자는 인간의 모습을 하고 있지 않았습니다."

"관리자는 두 종류가 있네. 세계의 균형을 관리하는 관리자, 종족을 관리하는 관리자. 전자를 우리는 다른 말로 수호자라고도 하지."

그는 나를 유심히 살피더니 피식 웃었다.

관리자가 아니라 엄밀히 말하면 수호자라고 말한다.

여태껏 나는 에인션트 원을 관리자라고 생각했지만, 수호자였던 것이다. 세상의 균형을 지키기 위해 존재하는.

"자네가 이은 권한은 수호자의 것이네. 그는 운이 좋군. 나도 나를 이을 존재가 있었다면 이토록 허망하진 않았을 터인데."

"하지만 모든 수호자가 죽었습니다. 누군지 모를 자에 의해."

에인션트 원을 비롯한 수호자들을 대관절 누가 죽였단 말인가? 상상조차 할 수가 없었다. 범인으로 추정되는 집단 몇 개가 있기는 했지만, 그에게서 나온 대답은 의외의 것이었다.

"시체를 먹는 자. 심연보다 더욱 낮은 곳에 있는 존재."

그가 한 차례 몸을 부르르 떨었다.

관리자인 그조차도 두려움에 떨게 만드는 존재임이 분명했다.

"내가 말해줄 수 있는 건 여기까지네. 그의 이름을 입에 담는 순간 애써 만든 '경합의 장'이 부서질 테니까."

천천히 그가 다가왔다.

"모든 건 '위대한 의지'에 따른 결과겠지. 내가 지고, 그대가 이긴 것 역시……."

스르르르.

그의 신체가 점점 흐릿해져 갔다.

시간의 멈춤이 조금씩 풀리고 태엽이 느슨해지기 시작했다.

"수호자의 운명을 이은 인간이여. 마지막 남은 정수를 그대에게 인도하겠네. 그러니 계속해서 승리하게. 자네가 이곳에 들어와 버린 이상, 인간들이 패배하면 그대 역시 '수호자'의 힘을 빼앗길 터이니."

수아악!

그가 나를 향해 걸어와, 이내 내 안에서 사라졌다.

쿠릉! 쿠르르릉!

동시에 거대한 동굴이 무너져 내리며 세상이 반전됐다.

광활한 우주. 그 중심부에 내가 있었다.

[죄악의 고블린 '비브르'의 권한, '포식(식탐)'을 획득했습니다.]

[경합이 종료되었습니다.]

[경합이 종료되었습니다.]

[경합이 종료되었습니다.]

[경합이……]

유서희는 고개를 갸웃했다. 대체 계속 이런 문구가 뜨는 이유가 뭘까?

"마스터, 무엇을 그리 고민하시나요?"

붉게 물들인 머리칼과 시원한 인상, 호리호리한 몸매 덕분에 꽤 시선의 집중을 받는 그녀, 김혜윤이 다가와선 물었다.

"빨간 머리도 잘 어울리네요?"

"콘셉트에 맞게 염색하라면서요?"

"정말 할 줄은 몰랐죠."

유서희가 어깨를 으쓱했다. 김혜윤을 길드로 영입한 건 '선생님'의 의지였다.

몇 날 며칠 지하철의 입구 앞을 치킨 한 마리가 들린 봉투만 가지고 들락날락하는 이상한 여자. 그녀가 지금에 와선 '홍염의 마녀'라며 유명세를 탔지만, 유서희는 첫 만남을 잊을 수가 없었다.

"치킨 맛있었는데."

"돌아가면 또 같이 먹어요."

유서희가 '함께하자'고 대뜸 말을 걸자, 기다리고 있었다는 듯 유서희를 자기 집으로 데려가선 동생과 함께 치킨을

뜨게 만들었다.

나름 잊을 수 없는 기억이다.

"그런데 대체 여기선 언제 나갈 수 있는 걸까요?"

"지금 아포칼립스 길드가 원인을 찾고 있어요."

"그 대단하다는 아포칼립스 길드가 말이죠?"

유서희가 가만히 턱을 쓸었다.

그녀는 '경합의 장'에 들어온 즉시 고블린 다섯을 죽이고 강제로 이곳으로 이동됐다. 장차 10여 일을 여기서 기다리고만 있었다.

여기선 배도 안 고팠고, 생리 현상도 없었다.

할 게 없어서 남은 시간 내내 주변을 돌아다니고 파악하고자 애썼지만 알아낼 수 있는 게 없었다.

그런데 아포칼립스 길드라고 다를까?

"싸우면 안 돼요."

"제가 무슨 싸움닭이에요? 맨날 싸우게. 뭐, 조금 근질거리긴 하네요."

"싸우면 안 돼요."

"안 싸운다니까요? 싸움도 급이 맞아야 싸움이지……."

"안 돼요."

"네에."

유서희가 입술을 삐죽 내밀었다.

나름 불량소녀처럼 굴고는 있었지만 김혜윤 앞에서는 고양이 앞의 쥐가 되어버린다. 괜한 성질 건드려서 좋을 게 없다는 걸 유서희는 알고 있었기 때문이다.

김혜윤의 성격은 평소엔 조용하지만 화가 나면 왜 '홍염의 마녀'인지 알 수가 있다.

화제를 돌렸다.

"그런데 저 사람이 김민식 맞죠? 아포칼립스 길드 수장. 아, 이건 그냥 순전히 궁금해서."

"맞아요."

"왜 저러고 있대요? 누굴 찾나?"

김민식. 그가 미친 듯이 돌아다니며 주변을 살피고 있었다.

김혜윤이 답했다.

"아르켄이라는 사람을 찾나 봐요."

"아아, 그 용 타고 다닌다는 기사님?"

"마스터는 못 봤죠? 정말 엄청났어요. 봤으면 입이 떡 벌어졌을걸요?"

유서희가 피식 웃었다.

"그렇겠죠."

"안 궁금해요?"

"그닥?"

굳이 따지자면 그다지 궁금하지 않다는 듯한 태도였다.

그 태도가 김혜윤의 고개를 갸웃하게 만들었다.

평소였다면 '그런 게 있었어요? 동영상! 사진!'이라며 달려들었을 유서희가 점잖은 어른처럼 굴고 있는 것이다.

쿠르르르릉!

그 순간이었다. 무한으로 반복되던 '경합이 종료되었습니다.'란 메시지가 더 이상 나오지 않게 되고, 우주로 가득 찼던 공간의 저편에서 마치 문이 열리듯 하얀 공간이 나타났다.

[다음 경합으로 향할 수 있는 문입니다.]

[이전 경합에서의 영향력에 따라 일정한 보상이 주어집니다.]

[각성자 '유서희'의 영향력은 0.001%입니다.]

[10pt를 획득했습니다.]

"어!"

유서희가 눈을 동그랗게 떴다.

장장 10일이 넘도록 이어졌던 이 지루한 시간의 종말이 찾아온 탓이다.

하지만 보상이 너무 짰다.

'쩨쩨해!'

'광속으로 탈락'했으니 이해는 간다지만 너무 쩨쩨하지 않은가.

유서희는 고개를 돌렸다.

김민식. 아포칼립스 길드의 수장은 그는 무엇을 얻었을까?

그의 입가에 진득한 미소가 지어져 있었다.

아마도 가장 많은 영향력을 행사한 게 그일 것이다.

'다음 경합에선 이길 거야.'

유서희가 주먹을 불끈 쥐며 라이벌 의식을 불태웠다.

하아아…….

흐아아아아…….

형벌의 감옥 안에서 사람들이 비명을 내질렀다.

장장 만 명이 넘는 사람을 바라보는 거구의 여자.

그 크기만 10m는 넘을 듯한 거인이었다.

머리카락 모두가 뱀인 이 감옥의 주인, 헬라시아가 그들을 사랑스럽다는 듯이 바라봤다.

"너희들은 운이 좋아. 한 번 더 '기회'를 얻었으니 말이야."

채찍을 든 헬라시아가 입술을 핥았다.

"하지만 몇 명이 이 감옥을 탈출할 수 있을까? '간수장'의 눈을 피하기란 쉽지 않을 텐데. 후후."

이번 경합의 장소는 이곳이었다.

형벌의 감옥!

헬라시아는 이곳의 주인이지만, 그녀와 같은 수준의 주인은 많다.

그녀는 인간을 관리하는 주인이고 다른 종족을 관리하는 주인들이 있었다.

지옥의 간수장들 또한 만만치 않은 존재다.

과연…… 몇이나 살아서 다음 경합으로 향할 수 있을까?

오랜만에 일어난 재미는 일.

헬라시아의 미소가 짙어졌다.

쿵! 쿠우웅!

콰아아앙!

첫 번째 경합이 치러졌던 장소가 무너지기 시작했다.

하늘이, 모든 대지가 갈라지며 균열 속으로 빨려 들어갔다.

패배자의 말로. 완전한 소멸이었다.

우주의 공간에서 나는 그 장면을 바라보고 있었다.

그리고 문이 열렸을 때.

할짝!

다시 눈을 감았다가 뜨자, 이타콰의 푸른 눈이 가장 먼저 시야에 들어왔다.

녀석이 내 뺨을 핥으며 나를 걱정하듯 쳐다보고 있었다.

“나는 괜찮다.”

손을 뻗어 녀석의 턱을 쓰다듬었다.

그러자 이타콰가 골골대며 기분 좋은 소리를 냈다.

이어 상반신을 들어 올린 나는 주변을 둘러봤다.

‘호수.’

작은 호수 안에 누워 있었다.

이윽고 눈앞으로 몇 줄의 글귀가 떠올랐다.

[탈주 고블린과의 경합에서 승리하였습니다.]

[경합에서의 영향력에 따라 일정한 보상이 주어집니다.]

[각성자 ‘오한성’의 영향력은 34.9%입니다.]

[34,900pt를 획득했습니다.]

[총 288,400pt를 보유하고 있습니다.]

[검은 파편 3개를 획득했습니다.]

[총 8개의 검은 파편을 보유하고 있습니다.]

포인트는 원래부터 넘쳐나는 상황이었지만, 검은 파편이 3개가 더 주어졌다. 도합 8개의 검은 파편으로 무엇을 할 수 있을지 모르겠지만 분명한 건 누구보다 많은 재화를 보유하고 있다는 사실이다.

나는 허공에 십자 인을 그었다.

그러자.

이름: 오한성

직업: 천지인(天地人)

칭호:

- 오한성(無, 순수마력 10당 모든 능력치+1)
- 열두 시련의 파훼자(6Lv, 지능+9)
- 놀 궤멸자(5Lv, 체력+7)

능력치:

힘 67(60+7) 민첩 62(50+12) 체력 66(52+14)

지능 66(45+21) 마력 72(60+12)

잠재력(267+66/475)

잠재 능력치: 4

스킬: 심안(9Lv), 지배자(9Lv), 전이(???), 냉혈(5Lv), 칠흑의 손길(5Lv), 요리(3Lv), 정령사(4Lv), 진 · 탈혼무정검(6성), 백보신권(5성), 금강불괴(5성), 태을무극심법(3성), 대장장이(4Lv), 탐식(無)

착용 장비: 요르문간드(2Lv, 지능마력+5), 승천자의 망토(민첩+5), 흑풍검, 게 아살의 창 조각(모든 능력치+1)

보유 포인트: 288,400pt

[전후비교]

힘 53 민첩 50 체력 52 지능 52 마력 67 잠재력(218+56/466)

힘 67 민첩 62 체력 66 지능 66 마력 72 잠재력(267+66/475)

그간의 변화가 일목요연하게 보였다.

준수하기 그지없는 능력치다. 아름다울 정도로 능력치의 배분이 잘되어 있었다. 의도한 건 아니지만 한쪽으로 쏠려 있는 것보다 이처럼 '균형 있는' 능력치의 배분이 특수한 상황을 제외하곤 더욱 강한 힘을 발휘하는 경우가 많았다.

한 달 반 동안의 성장, 그리고 새로운 스킬의 발견.

'탐식.'

무엇보다 내가 주목하는 건 관리자의 권한이다. 죄악의 고블린 '비브르'로부터 나는 그의 권한인 '탐식'을 손에 넣은 것이다.

더욱 자세하게 들여다보자 관련된 설명이 떠올랐다.

<탐식-무(無)등급>

- 상대의 '인자'를 포식하는 스킬입니다.
- 도합 세 개의 '인자'를 체내에 보관할 수 있으며, 그중 하나의 인자만을 '발현'하여 대상의 특성을 가져오는 게 가능합니다.
- 보관한 '인자'의 이해도, 혹은 더한 탐식의 결과로 '인자'를 진화

시키는 것 또한 가능합니다.

인자?

'DNA를 말하는 건가?'

설명만 봐도 대강의 이해는 되었다.

요컨대 내가 포식한 상대의 특성을 가져와 덧씌울 수 있다는 것.

고블린들이 뿔을 얻고 신체의 변형을 가한 것과 약간은 비슷했다. 하지만 그보다 더욱 상위의 스킬이며 보다 안정감이 있었다. 아마도 이 스킬이 탈주 고블린들이 변형했던 원인의 '원류'이기 때문이리라.

'관리자의 권한은 천차만별이군.'

에인션트 원의 권한으로 말미암아 나는 사람들의 '기억'을 훔쳐볼 수 있게 되었다. 상시 발동하는 건 아니지만 감정이 과잉되면 원하지 않아도 기억이 보인다.

반면에 탐식은 내가 조절할 수 있는 권한이었다.

그래서인지 스킬란에 이름을 올리고 있었다.

하지만 분명한 건 이 역시 굉장한 힘이라는 점. 이래서 알아락사르가 '관리자의 힘을 모으라'고 했는지 모르겠다.

모든 관리자가 이와 같은 힘을 지니고 있다면, 그들의 힘을 총망라할 경우 어느 정도의 신위를 발휘하게 될지 나조차 상상이 안 갔다.

'세 개의 인자를 보관할 수 있다. 인자는 종족별로 나뉘는 건가?'

자리에서 일어나 턱을 쓸었다.

이제 막 얻은 권한이지만 사용하기에 따라서 꽤 유용한 힘이 될 수 있을 것 같았다. '강철 코끼리'의 피부나 상아 같은 특성을 가져올 수 있다면 굉장히 든든할 것이다.

'주변부터 둘러봐야겠군.'

호수 주변엔 작은 구멍들이 나 있었다.

왜 이곳에 나 혼자 떨어졌는지는 모르겠지만, 1초라도 빨리 주변의 상황부터 살펴보는 게 타당한 순서일 듯싶었다.

길게 이어진 복도.

퀴퀴한 냄새와 공기. 광활한 지하였다.

나는 최대한 은신한 채로 주변을 둘러보고 고개를 끄덕였다.

'형벌의 감옥. 제대로 왔군.'

다음 경합의 장이다.

이곳은 그나마 아는 게 많았다.

거미줄처럼 엉킨 감옥은 총 5개로 등분되어 있었다.

인간, 엘프, 드워프, 오크, 수인족의 감옥으로 말이다.

인간 진영의 감옥을 돌보는 수장은 '헬라시아'다. 하지만 만약 헬라시아가 적으로 돌아섰다면 기존에 형벌의 감옥으로 들어갔던 만 명이 넘는 사람을 데리고 감옥의 중심, '중립구'로 들어가 적대시했을 것이다.

'과거에는 1차 경합에서 졌다고 했지.'

헬라시아가 중립구로 오천 명가량을 데리고 들어간 덕분에 경합을 하는 내내 몇 번이나 전멸할 위기를 겪었다고 했다.

그만큼 이번 경합의 내용은 쉽지 않았다.

'깃발을 빼앗아 돌아와야 한다.'

각 진영마다 깃발이 다섯 개가 있다. 남의 것을 빼앗고, 자신의 진영에 속한 깃발을 지키며 제한시간을 넘겨야 비로소 결과를 알 수가 있다.

하지만 모든 '진영'으로 통하는 길은 오로지 '중립구'를 거쳐야 한다. 중립구엔 간수장들이 있다. 그리고 다른 이종족들 역시 우리와 마찬가지로 '1차 경합'을 뚫고 온 종족들이다.

'패배하면 수호자로서의 힘을 빼앗긴다.'

비브르의 말이 사실이라면, 나는 어떻게 해서든 인간 진영이 승리하도록 만들어야 함이었다.

그나마 다행인 점이라면 1차 경합에서 압도적으로 승리하여 헬라시아가 인간의 편이라는 것이다. 지금쯤 헬라시아에게 민식이를 비롯한 모든 사람이 설명을 듣고 있을 터였다.

나는?

굳이 들을 필요는 없다. 규칙은 이해하고 있었으니까.

오히려 주변을 둘러볼 시간이 주어진 셈이니 내겐 '특혜'와 같았다.

'간수장들을 어떻게 구워삶느냐에 따라 진행이 극과 극으로 나뉘지.'

가장 중요한 건 역시나 중립구다.

모든 감옥을 이어주는 장소.

간수장은 무척이나 강하다. 적대하여 죽이는 것보단 뇌물이라도 쥐여줘서 구워삶는 게 빠르다.

나는 중립구 쪽으로 발을 옮겼다.

중립구는 다섯 개의 철창으로 나누어져 있다.

각 구역의 감옥을 담당하는 간수장은 각각 한 명씩 있으며, 이들의 역할은 인류를 비롯한 이종족들이 감옥에서 나오지 못하게 하는 것이다.

철창의 너머에 거대한 배불뚝이 거인이 창을 든 채로 보초를 서고 있었다. 무시무시한 안광으로 주변을 훑으며 압도적인 존재감을 과시했다.

"음? 쥐새끼가 있나?"

500m 남짓의 거리에서 지켜보던 나는 재빨리 몸을 숨겼다.

엄폐물을 쌓고 몰래 지켜봤는데 그것을 눈치챈 것이다.

'역시 쉽지 않겠군.'

심안으로 살핀 결과는 더욱 놀라웠다.

이름: 간수장(value-지배 불가)

종족: 거인

능력치:

힘 85 민첩 85 체력 85

지능 75 마력 75

잠재력(405/405)

스킬: 창 회오리(7Lv), 압도적인 힘(7Lv), 왕의 손바닥(7Lv)

나조차도 상대가 버겁다. 싸우면 백이면 백, 질 것이다. 이타콰가 합류해도 마찬가지다.

저런 간수장을 적으로 돌린다?

지금 상황에선 몇천, 어쩌면 만 단위로 죽어 나갈 수도 있었다. 단순한 능력치만으로도 놀랍지만 스킬들의 구성이 심상치 않았다. '대량 학살'을 하기에 더없이 어울리는 이름들 아닌가.

'간수장을 피해가는 방법은 몇 가지 있지.'

간수장도 잠은 잔다. 그때 소수의 인원으로 구성하여 다른 진영으로 넘어갈 수 있었다.

전체 지하 감옥의 구조는 일단 자신의 진영을 막고 있는 간수장 하나만 어찌하면 '다섯 통로'에 다다를 수 있도록 설계가 되어 있었으므로.

그렇게 넘어가면 오로지 반대쪽에서만 열 수 있는 문이 있었다. 그래서 후에는 그 문에도 인원을 배치하여 감시해야 하지만…….

혹은 용감하게 거래를 하거나, 유인을 할 수도 있었다. 구체적인 내용까진 알지 못했지만 그러한 방법들이 존재한다는 것은 나도 알고 있었다.

하지만 간수장을 피해간대도 끝이 아니다.

'이곳에선 진정한 적도, 아군도 없다.'

다섯 이종족은 모두가 적이 아니다.

반대로 모두가 아군도 아니다.

서로가 서로를 이용하거나 연합을 하는 경우도 더러 있었다. 배신 역시 마찬가지.

거기서 주도권을 어찌 쥘는지. 일단은 지켜보기로 했다.

'유서희를 움직여야겠군.'

나 혼자 상대 진영으로 넘어가는 건 불가능한 일은 아니다.

그러나 우선 유서희를 정보통으로 삼아, 반대 진영을 살펴보는 게 내가 해야 할 일일 터였다.

그들의 움직임과 동향을 알 수 있다면 유서희에게 힘을 실어주는 것도 가능할 테니.

고개를 끄덕이곤 발걸음을 돌렸다.

5만 명이 넘는 인원이 문을 넘었다.

헬라시아.

거대한 덩치. 뱀의 머리를 가진 여자가 인류를 환영했다.

"반갑구나. 나는 이 감옥의 주인인 헬라시아라고 한다."

채찍을 들고 무서운 미소를 지으며 헬라시아가 말을 끝마치자 그녀의 뒤로 '형벌의 감옥'에 갔었던 사람들이 줄지어 쇠고랑을 찬 채 나타났다.

"1차 경합에서 규칙을 어기고 이곳으로 강제 이동된 인간들이다. 만약 1차 경합에서 너희들이 패배했다면 나는 이 인간들과 함께 너희를 '공격'할 예정이었다만, 운이 좋구나."

하지만 사람들의 상태가 이상했다.

도합 1만 2천 명. 그들은 침을 흘리거나 눈에 초점이 없었다.

헬라시아의 미소가 더욱 짙어졌다.

"이번 경합이 끝날 때까지 이들은 나의 소유니라. 하지만 너희들과 '협조'하여 이길 수 있도록 도와는 줄 것이다. 그래, 너희들이 내 마음에 드는 행위를 한다면 나는 더욱 쉽게 너희들에게 '협조'할 수 있겠지."

"저들이 원래대로 돌아올 수 있는 것이오?"

아포칼립스 길드의 수장인 김민식이 나섰다.

곧 헬라시아가 고개를 끄덕였다.

"이번 경합에서 승리하거든, 내 주박은 풀린다. 이들도 원래의 정신으로 돌아올 것이다. 하지만 그전까진 내 감옥의 수감자에 불과해."

"이번 경합의 내용을 알려주시겠소?"

"이곳엔 너희 인간만 있는 게 아니다. 엘프, 드워프, 오크와 수인족이 더 있지. 그들은 각각 다섯 개의 깃발을 가지고 있으며, 그들로부터 깃발을 빼앗아 오고 너희들의 깃발을 지키는 게 이번 경합의 내용이다."

이종족!

그들이 존재한다는 말에 사람들이 웅성거렸다.

"엘프가 있다고?"

"드워프면…… 세상에."

여태껏 인류는 이종족을 만나지 못했다. 그나마 밝혀진 거라곤 나찰산의 괴물들뿐이었으니 충격은 이루 말할 수 없었다.

물론 이종족 또한 존재할 것이란 추측이 나돌긴 했지만, 만나자마자 서로 경합을 하는 위치에 서게 될 줄 누가 알았겠는가.

이어 모두가 감옥의 벽 쪽을 바라봤다.

거대한 감옥의 벽에 다섯 개의 커다란 깃발이 걸려 있었다.

청색의 별 특징이 없는 깃발이었다.

"경합의 종료 시점은 한 진영이 '15개'의 깃발을 모았을 때다."

헬라시아는 이후 몇 가지 설명을 더해주곤 자신의 방으로 들어가 버렸다.

1만 2천 명의 의식 없는 사람이 좀비처럼 그녀를 따라갔다.

"뭐가 어떻게 돌아가는 거야?"

"그러니까 깃발 쟁탈전이라는 거 같은데."

"다섯 종족이 서로 싸우는 거야?"

모두들 얼이 나갔다. 하지만 이곳엔 김민식이 있었다.

과거의 기억을 가진 남자.

이번 경합에 관해서도 어느 정도 정보를 가지고 있었다. 과거의 인류가 얼마나 멍청한 선택들을 했는지도.

그가 고개를 끄덕이자 주변에 있던 기사 한 명이 크게 외쳤다.

"조용! 지금부터 긴급 회의를 할 것이다. 각 길드의 대표들, 혹은 이름이 불린 사람은 모두 지정된 장소로…….”

자신들이 있는 감옥의 지도를 그렸다.

그리고 사람을 나눠 '중립구'까지 나아갔다가 간수장에 의해 50명이 죽고는 빠르게 돌아왔다.

깃발을 다섯 장소에 나눠놓고 아포칼립스 길드의 길드원이 나뉘어 지키도록 한 건 거의 강제였다.

일반 각성자들이나 다른 길드원들은 약간의 불만은 토로했지만 그들이 1차 경합에서 보여준 모습을 기억하기에 어쩔 수 없이 따를 수밖에 없었다.

“마스터, 어디 갔다 오셨어요?”

“좋은 데요.”

그리고 유서희가 잠시 사라졌다가 돌아왔다.

그녀의 입가엔 미소가 가득했다.

싱글벙글.

김혜윤은 고개를 갸웃했다.

“좋은데요? 이 감옥에 그런 곳이 있나요?”

“나만 좋으면 좋은 곳이죠, 뭘. 으히히.”

유서희의 웃음은 끊이질 않았다. 실없어 보일 정도의 환한 웃음이라 김혜윤은 계속 의아해하였지만 정작 유서희는 이유를 알려주지 않았다.

그리고 잠시 후 웃음을 멈춘 유서희가 주변을 둘러보곤 조용히 김혜윤의 귓가에 속삭였다.

"헬라시아가 좋아할 만한 걸 알아냈어요."

"정말요?"

김혜윤이 눈을 동그랗게 떴다.

안 그래도 헬라시아가 말만 '협조'라 해놓고 방관하고 있었기에 말이 많았다.

이번 경합에서 그녀를 움직이는 게 키포인트라는 건 모두가 짐작하는 중이었다. 하지만 그녀는 움직이지 않았고, 결국 주먹구구식으로 아포칼립스 길드가 모든 걸 관장하여 움직이고 있었다.

모든 의식주와 배치를 그들이 담당하니 약소 길드는 아무런 발언권도 없는 상태.

그들의 강제적인 명령에 슬슬 불만이 터져 나오는 상황이었다.

그러니 '헬라시아'를 움직이면, 아포칼립스 길드의 독주를 막고 발언권을 얻을 수 있을 거란 이야기가 있었지만 정작 그녀를 움직일 방법이 없었다.

유서희가 음흉하게 미소 지으며 말했다.

"계획대로만 진행되면 저희가 주도권을 잡을 수 있을 거예요."

간수장이 잠시 조는 사이 나는 그곳을 지나가 엘프들의 영역으로 향했다.

대략 일만 여의 엘프가 철창을 앞에 두고 간수장과 대치하는 중이었다.

"길을 여세요. 그대가 우리를 막을 권한은 없습니다."

"억지로 나가겠다면 죽음뿐. 돌아가라."

엘프의 중심부에 있는, 관을 쓴 여자 엘프를 어둠 속에서 살피곤 작게 감탄했다.

'하이엘프……!'

순혈 중의 순혈이라는 하이엘프가 이런 장소에 있을 줄이야.

하물며 주변엔 엘프만이 아니라, 다크엘프도 섞여 있었다.

그야말로 흑과 백의 조합이었다.

'다크엘프 퀸.'

더욱 놀라운 건 다크엘프 중에서도 '퀸'의 존재가 있다는 것이었다.

엘프들은 그 구별이 세분화되어 있는 편인데, 엘더 〉 퀸 = 하이엘프 〉 엘프 순으로 계급이 나뉘어 있었다.

물론 대다수가 일반 엘프지만 아주 드물게 그 이상의 '피'

를 타고난 존재가 태어나곤 했다.

물론 그 '피'라고 함은 일반적인 혈통이 아니다. 그야말로 타고나는 것이다. 대지의 축복을 받은 피가.

'심연의 지평선'의 수장이자 다크엘프 엘더였던 '쟈낙'에 비하면 단순한 강함의 측면에서 한 수 떨어진다고 칭해지는 하이엘프와 퀸이지만, 그럼에도 그 신성함과 고결함은 결코 엘더에 비해 수준이 떨어진다고 할 수 없다.

"나는 경고했다. 원래라면 경고조차 주어지지 않아야 정상이지만, 그대와 퀸을 존중하는 차원에서 하는 마지막 경고다."

그래서인지 간수장도 엘프들을 함부로 못 대하고 있었다.

하이엘프와 다크엘프 퀸이 서로를 쳐다봤다.

하지만 다크엘프 퀸은 무언가 마음에 들지 않는다는 듯 인상을 구겼다.

"이런 곳에서 시간을 지체할 순 없어. 오르모아, 우리에게 주어진 '사명'을 잊은 건 아니겠지?

"엘라리뇨, 그러나 부족의 희생을 더는 강요할 수 없습니다. 대화로 풀어나갈 수 있을 거예요."

"대화? 죽어서도 그 대화가 가능할지 궁금하군."

서로 합이 안 맞는 느낌이었다.

그리고 둘 다 다른 엘프에 비하여 나이가 어린 듯싶었다.

퀸과 하이엘프가 완전히 성장했다면 애당초 간수장은 문제가 되지 않는 탓이다.

'숫자는 적지만, 힘은 우월하다.'

숫자는 인류가 훨씬 많지만 정면으로 맞붙으면 결과를 알 수 없다. 그나마 다행인 점이라면 엘프들은 서로 화합이 되지 않았다.

'일단 여기까지.'

엘프들 역시 은신의 귀재다. 언제까지 나의 은신이 통하리란 보장이 없었다. 그들의 일면을 살폈으니 일단 소기의 과제는 달성한 셈.

그림자 속으로 발걸음을 옮겨 자리를 벗어났다.

장장 3일에 걸쳐 엘프, 드워프, 오크와 수인족의 진영 모두를 탐색했다. 극도로 은밀하게 움직였기에 생각보다 시간이 많이 들어갔지만, 그만큼 이번 경합에서는 '정보'가 중요하다.

과거 인류는 이 경합에서도 졌다.

때문에 규칙 정도의 지식 기반은 있었지만 '어떻게 승리하느냐'에 대한 사전 정보는 전무한 상황이었다. 그러니 더욱 신중하게 접근할 필요가 있었다.

'정리를 해보자면.'

나는 심안을 가지고 있으니, 단순한 무력의 비교는 누구보다 정확히 할 자신이 있었다. 그리 하여 5개 진영에 대한 나름 객관적 정보를 정리해 보았다.

1. 엘프.
병력–1만.
평균 무력 수위–능력치 총합 평균 280선.
수장–하이엘프 오르모아, 다크엘프 퀸 엘라리뇨.

2. 드워프
병력–1만 8천.
평균 무력 수위–능력치 총합 평균 240선.
수장–드워프 킹 골고르.

3. 오크
병력–4만.
평균 무력 수위–능력치 총합 평균 200선.
수장–오크 로드 자이렐.

4. 수인족
병력–2만 5천.

평균 무력 수위–능력치 총합 평균 230선.

수장–늑대인간 가모즈.

5. 인간

병력–5만.

평균 무력 수위–능력치 총합 평균 180선.

수장–아포칼립스 길드 마스터 김민식.

모든 병력이 단일 되어 있고 단순 정면 대결로 붙을 경우 어느 진영이 이길지, 나름 고심하여 내린 결과는 이러했다.

엘프>오크 = 인간>드워프>수인족의 순위가 아닐는지.

전쟁이란 건 워낙에 변수가 많아서 이는 그저 단순한 순위 놀음일 뿐이다. 하지만 귀중한 정보임은 부정할 수 없었다.

현시점에선 오로지 나만이 이러한 객관적 지표를 가지고 있을 것이었기에. 그렇다면 내가 공략해야 할 대상도 단순해진다.

'엘프를 어떻게든 해야겠군.'

엘프의 무력은 온갖 정령술과 마법에서 나온다.

오크는 죽음을 두려워하지 않는 패기가, 드워프는 예상할 수 없는 발명품들이, 수인족은 특정 조건에서 강해지는 힘을 무시할 수 없다.

하지만 이 중에 가장 강한 건 역시 엘프다.

어찌해야 할까.

균형을 맞추려면 특단의 조치가 필요하다.

그나마 희망이 있었다. 인류의 무력 순위가 나쁘지 않다. 이 정도면 충분히 '강자'라 할 수 있다. 물론 1차 경합에서 인류가 선방하지 못했다면 순위는 꼴찌를 달리고 있었을 것이다.

볼을 긁적이다가 고개를 끄덕였다.

'탐식.'

탐색이 끝났으니, 이제는 탐식의 차례였다.

스르르르.

기절한 엘프 하나의 다리를 끌고 작은 호수가 담긴 굴속으로 들어왔다.

'이 장소가 있어서 다행이야.'

1차 경합이 끝나고 내가 눈을 뜬 이곳은, 그 위치가 절묘하기 짝이 없어서 좀처럼 찾기 힘든 장소였다.

근처에 대충 남자 엘프를 쓰러뜨리곤 나도 주변에 자리를 잡았다.

'우선은 실험이다.'

'인자'의 획득을 위해 해야 하는 행동은 무엇인가?

대상을 죽여야만 하는가?

그에 대한 실험을 해볼 작정이었다.

품에서 작은 단검 하나를 꺼내, 엘프의 손목을 살짝 그었다. 인간과 다를 바 없는 붉은 피가 새하얀 피부에 맺혔고, 그것을 손가락으로 훔쳐 입에 머금어 보았다.

꿀꺽!

[새로운 '인자'를 획득했습니다.]

[엘프의 인자입니다. 인자의 정보가 적어 '조금 나아진 청각' 수준의 변형만이 가능합니다.]

오호라.

죽일 필요까진 없는 듯했다.

다행이었다. 갑자기 엘프들이 죽어 나가면 그쪽에서도 엄하게 경계를 할 것이 분명했으니.

고블린들은 죽여서 생명을 탐했는데, 그런 의미에서 보자면 확실히 상위 호환이었다.

엘프의 피 몇 방울을 더 입에 머금어 봤지만 이렇다 할 변화는 없었다.

그렇다면 남은 건 다음이다.

'변형.'

[저장된 '엘프의 인자'를 사용합니다.]

[변형이 완료되었습니다.]

하지만 이내 고개를 갸웃했다.

호수에 얼굴을 비쳐 봤지만 크게 달라진 게 없었다.

귀 끝이 아주 약간 뾰족해진 정도?

'너무 평범한 엘프라서 그런가? 아니면 여러 종류의 인자가 필요한 걸까?'

그다지 크게 들리는 것 같지도 않았다.

한 개의 표본만으로는 답을 내릴 수 없다.

나는 쓰러진 엘프를 다시 질질 끌고 나갔다.

갑자기 사라졌다가 다시 나타나는 엘프가 은연중 늘어나고 있었다.

그들은 한결같이 정찰을 나가거나 보초를 서던 엘프였으며 잠시 기절한 끝에 원래의 장소에서 다시 눈을 뜨곤 하였다.

처음에는 별반 의심을 하지 않았지만 그 숫자가 늘어나자 이상하게 여기는 엘프들이 늘어났다.

이에 대대적으로 보안의 강화에 들어갔다. 다섯 명이 한 조를 이뤄 돌아다니도록 지침이 바뀐 것이다.

그러던 중 조장의 역할을 맡고 복도를 지키던 한스가 건너편에서 한 인영을 발견하곤 즉시 경계에 들어갔다.

"멈춰라! 누구냐?"

한스 주변의 엘프들이 일제히 활을 겨눴다.

그러자 복도의 반대편에서 다가오던 이가 양손을 머리 위로 들었다.

"적이 아닙니다! 길을 잃고 헤매고 있었습니다."

이내 모습을 드러낸 검은 인영은 뾰족한 귀와 나름 날렵한 인상을 가지고 있었다. 피부색이 하얗지도, 검지도 않았지만 정령의 향기도 났다.

"처음 보는 엘프로군. 다크엘프냐?"

"맞습니다."

"어디서 온 거지? 저쪽 방향은 '중립구'일 텐데?"

"길을 잃었다고 하지 않습니까?"

한스가 인영을 살피곤 턱을 쓸었다.

그리고 손을 내리자 주변 엘프들이 일제히 당겼던 활시위를 놓았다.

"혼자 돌아다니지 말라는 지침을 못 받은 건가?"

"처음 듣는 소립니다만."

"연속해서 실종 사건이 벌어지고 있다. 그래서 다섯 명씩 조를 이뤄 돌아다니도록 지침이 내려왔지."

"그렇군요. 알려줘서 고맙습니다."

"흥, 빨리 돌아가라. 다크엘프치곤 예의가 조금 있는 것 같으나 그래도 그다지 말을 섞고 싶지 않으니."

한스가 고개를 절레절레 저었다.

다크엘프라 칭해진 인영은 수고하라는 한마디와 함께 어슬렁어슬렁 엘프의 진영으로 발을 옮기기 시작했다.

무사히 엘프의 진영으로 들어온 이후 내심 한숨을 내쉬었다.

'여기서부터가 중요하다.'

엘프들을 납치한 건 다름 아닌 나다. 더 많은 '인자'를 얻기 위해 그들을 납치하고 피를 뽑아낸 것이다.

대략 50번 정도를 반복하자 거의 엘프에 가까운 변형이 가능하게 되었다. 완벽하진 않지만 어찌 '엘프'로 받아들여지는 수준은 되었다.

'그런데 내 피부가 그렇게 까만가?'

다짜고짜 다크엘프 취급을 받을 줄은 몰랐다. 그야 하얗다고 할 수는 없지만 까만 것보단 하얀 쪽에 가깝다고 생각했는데.

혀를 차곤 더 안으로 들어가자 엘프와 다크엘프들이 보였다.

"못생겼군."

"다크엘프치곤 꽤 개성이 있어."

굉장히 직설적이었다.

하기야 우리나라 사람들이 흑인이나 백인의 얼굴은 잘 구분 못 해도 아시아권 사람들은 구분해 내는 것처럼, 저들도 나를 보며 이질적인 느낌을 받았을 것이었다.

그래도 엘프가 아니라는 의심은 받지 않아서 다행이었다.

가장 큰 관문 하나를 통과한 것과 같았다.

나는 천천히 주변을 둘러봤다.

'확실히 사이가 안 좋아 보이는군.'

엘프는 엘프들끼리, 다크엘프는 다크엘프들끼리만 움직인다.

마치 구역을 나눠 싸우듯 서로 신경전을 펼치고 있었다.

나는 잠시 고민하다가 다크엘프의 구역으로 넘어갔다. 괜히 눈총을 받아 더 시선을 끌어모을 순 없었으니.

"이봐! 어딜 가는 거야?"

곳곳에서 자랑을 하듯 얇은 검을 휘두르거나, 활시위를 당기며 표적을 맞추는 등 과격한 운동이 한창이었다.

'깃발은 어디 있지?'

나는 그들을 살피며 발걸음을 옮겼다. 더 깊숙한 장소, 정확히 말하자면 깃발이 있는 장소를 알아내야만 했다.

"너! 못생긴 놈!"

아마 엘프와 다크엘프가 서로 깃발을 몇 개씩 나눠 가졌을 가능성이 높았다. 그중 다크엘프들이 가진 깃발의 위치라도 알아낼 수 있다면 엄청난 정보가 될 것이다.

"자기는 아닐 거라고 생각하면서 다시 고개 돌린 너 말이야!"

"저 말하는 겁니까?"

"그래, 너!"

지척까지 다가온 남자 다크엘프 하나가 내 어깨를 붙잡았다.

"이 이상은 '친위대'만 들어갈 수 있는 장소라고. 혼쭐이 나고 싶은 거야?"

"살펴보는 것도 안 됩니까?"

"그래! 그나저나 너 같은 얼굴이면 잊을 리가 없는데 처음 보는군. 어벙한 걸 보니 '퀸 엘라리뇨'의 밑으로 들어온 지 얼마 안 됐지?"

"예."

"그럴 줄 알았다. 따라와."

남자 다크엘프가 앞장서서 걸었다.

나는 아쉬움에 입맛을 다시며 그 뒤를 따랐다.

'기회가 이번만 있는 건 아니니까.'

이곳에선 은신도 힘들다. 최대한 의심받지 않게 행동하며 안으로 들어가는 게 최선이었다.

이어 그가 나를 안내한 곳은 엘프들이 모여서 활을 당기는 장소였다.

"자, 받아. 저 희멀건 엘프 놈들에게 우리의 실력을 보여 주라고."

활과 화살이 든 화살통을 넘기며 그가 씽긋 웃었다.

나는 내심 고개를 저었다.

'활이라.'

돌팔매질은 잘해도 활은 잘 못 다룬다.

내가 거의 유일하게 못 다루는 무기가 활이었다.

차라리 검술을 시연하는 장소에 넣어줬으면 조금 나았을 텐데.

"뭐야, 다크엘프면서 활도 못 다루는 건 아니겠지?"

그의 눈이 샐쭉하게 변했다.

나는 잠시 고민하다가 화살통에서 화살 하나를 걸고 활시위를 당겼다.

'모든 무기가 지향하는 점은 결국 하나지.'

최대한 마음을 가라앉혔다. 어차피 활도 살상을 위한 무기다. 다뤄보면 비슷할 거란 자신감으로 신중하게 활시위를 놓았다.

슈우우웅!

툭!

정확히 바닥에 박힌 활을 보며 고개를 끄덕였다.

주변 다크엘프들이 활을 다루는 솜씨는 프로라도 해도 명색이 없었다. 과연 자연에서 살아가는 종족다웠다.

하지만 내 주 무기는 검이다. 이상과 현실의 차이였다.

"다크엘프의 수치로군."

"여태까지 어디 숨어 있다가 나온 건가?"

나를 안내해 줬던 남자도 한숨을 내쉬었다.

"너 1차 경합에선 어떻게 살아남은 거야?"

"그냥…… 어찌어찌……."

"에휴, 저기 구석에서 연습이나 더 해라."

그가 억지로 나를 구석으로 밀어 넣곤 자리를 떠났다.

'잠입하는 데 성공은 했는데 예상외의 난관이로군.'

들어오자마자 천덕꾸러기 취급을 받을 줄이야.

주변에서 나를 바라보는 다크엘프들의 입가에 비웃음이 맺혔다. 엘프와 달리 다크엘프들은 '무력'을 중요시한다. 괜히 '타락한 종족'이라 불리는 게 아니다.

어깨를 으쓱하며 활을 쥐었다.

내가 바라는 건 '깃발의 위치'를 알아내는 것이었으니 어떤 취급을 받든 상관은 없었다. 더 좋은 취급을 받아서 중심부에 다다를 수 있다면 더 좋기야 하겠지만 말이다.

"아악!"

"뭐하는 거야! 엘프 따위에게 지지 말라고!"

그리고 머지않아 검이 부딪치는 소리가 들렸다.

주변의 다크엘프들이 우르르 몰려가며 소리의 진원지로 모이기 시작했다.

나 역시 마찬가지다. 궁금증에 다가가서 살피자 검을 든 엘프 검사 하나가 다크엘프를 압도하고 있었다.

차아앙!

이내 다크엘프의 검이 날아가 바닥에 박혔다.

그러자 엘프 검사가 검을 번쩍 들고 외쳤다.

"내게 더 도전해 볼 자는 없는가!"

"이번엔 내가 하지."

"좋다."

꽤 중후한 느낌의 다크엘프가 검을 쥐고 나섰다.

다크엘프들 중에서도 나름 검을 잘 다루는 검수인 듯 주변에서의 환호가 더욱 커졌다.

차아앙!

툭!

하지만 20합을 나누기도 전에 검이 날아갔다.

"……내가 졌다."

깔끔하게 패배를 인정한 다크엘프가 물러나자 주변에서의 웅성거림이 더욱 커졌다.

"할번이 졌어?"

"고작 20합 만에?"

"아무리 역전의 검사라지만 실력 차이가 심하군."

"퀸의 친위대가 아니라면 상대를 못 할 거 같은데."

엘프 검사가 다시금 검을 들고 외쳤다.

"나의 검을 받을 자, 더 없는가!"

다크엘프들이 주춤했다. 연속적인 패배에 굴욕감이 깃든 표정을 지었지만 기대주가 볼품없이 무너진 상황이다.

또한 엘프 검사는 일반 검사가 아니었다. 하이엘프의 측근을 지키는 역전의 검사가 그였던 것이다.

또 지면 그런 망신이 없다.

이에 모두가 눈치만 보는 상황.

"이게 다인가! 다크엘프들이여! 너희가 말하는 힘의 논리대로 덤벼보란 말이다!"

"제가 나서겠습니다."

척!

한 발자국을 앞으로 내밀자 모두의 시선이 내게로 쏠렸다.

"저 녀석은?"

"활도 제대로 못 다루던 다크엘프잖아?"

"낄 데 안 낄 데가 있지……."

주로 안 좋은 여론이었지만 개의치 않았다.

스릉!

천천히, 흑풍검을 뽑았다.

그러자 엘프 검사의 시선이 나에게로 박혔다.

"자세는 잡혔으나…… 검을 배운 지 얼마 되지 않은 것 같군."

제법 놀랐다.

그는 상당히 뛰어난 심안을 가지고 있는 것 같았다. 나의 자세와 근육의 모양새를 살피며 내가 어느 정도의 검사인지 눈대중으로만 파악한 것이다.

돌아오고 고작해야 수개월. 흑풍검을 쥐며 제대로 검을 익힌 건 그조차도 되지 않았다. 아직 내 몸은 만들어져 가는 중이었고, 워낙 빠른 성장 탓에 몸이 제대로 적응할 시간조차 주어지지 않았다.

본래 제대로 된 검사라는 건 몇 개월로 만들어지는 게 아니다. 나는 그 보충을 과거의 기억과 경험으로 메꾸고 있는 셈이었다.

“보는 것과 실전은 다를 겁니다.”

웃으며 말했다. 엘프 검사는 수준급의 실력을 보유하고 있었다. 심안으로 살핀 결과 능력치도 나와 비슷한 수준이었다.

‘숨어서 깃발의 위치를 알아낼 수 없다면…….’

튀자.

엘프들의 반응으로 말미암아, 이곳에 모인 엘프들 역시 인간들과 마찬가지로 곳곳에서 소환된 것이라는 확신을 얻었다.

그렇다면 차라리 이들의 중심부로 침투하는 것도 나쁘지 않을 듯했다.

무엇보다.

‘다크엘프 퀸. 그녀가 지켜보고 있다.’

그림자와 비슷하나 희끄무레한 잔상 같은 것을 구석에서 발견할 수 있었다. 다크엘프 퀸, 엘라리뇨가 은신을 한 채로 이곳을 지켜보는 중이었다.

심안이 아니었다면 그냥 지나쳤을 잔상.

엘라리뇨는 이곳에 모인 다크엘프들 중에서 최고 서열이었다. 그녀의 눈에 띄어 조금이라도 ‘깊숙이’ 들어갈 수 있다면 내게는 남는 장사였다.

이번 경합에서 인류의 승리를 위한 열쇠는 엘프들이 쥐고 있을 가능성이 높았기에.

"패기는 좋군."

엘프 검사가 검을 들었다. 그의 주변으로 바람이 느껴졌다.

중급 바람의 정령이 그를 도와주고 있었다.

엘프들이 정령을 다루는 방식은 인간과는 차원이 다르다.

슈아아악!

거센 검격. 바람의 길을 따라 누구보다 빠르게 직진하며 내려치는 쾌검이었다. 몸을 살짝 젖혀 콧잔등을 스치고 지나가는 검의 차가운 감촉에 놀랐다.

빠르다. 보는 것보다 직접 경험하니 더욱 빠른 것 같았다.

직후에도 그는 주도권을 놓치지 않고자 순식간에 검을 반대로 쥐어 아래에서 위로 검을 그었다.

차아앙!

퍼억!

아래로부터 날아드는 검을 쳐 내곤 곧장 다리를 놀려 엘프 검사의 복부를 걷어찼다. 복부를 걷어차인 엘프 검사가 자세를 잡고자 주춤거렸고 나는 그 반응보다 빠르게 검을 그대로 찔러 넣었다.

체엥!

검과 검이 부딪힌다. 중급 바람의 정령이 엘프 검사의 등을 받쳐 준 덕이다.

"발을 쓰다니 치사하다!"

"역시 다크엘프는 이래서 안 된다니깐."

엘프들의 야유가 시작됐다.

반대로 다크엘프 쪽에선 의외의 선전에 다들 놀라는 기색이었다.

"뭐야. 제법 하잖아?"

"활은 못 다뤄도 검은 꽤 하는데?"

엘프 검사가 빠르게 거리를 벌렸다. 나의 검격 안에 있다간 다시 주도권을 잡기 힘들 거란 판단에서였다.

훌륭한 판단이다. 나 역시 상당히 '재미'를 느끼고 있었다.

제천대성의 힘을 발휘하면 더욱 쉽겠지만 굳이 보여줄 필요는 없는 비장의 한 수다. 게다가 서로 '바람'을 다룬다는 입장에서 나는 흥미를 느끼고 있었다.

내가 다가가자 바람의 정령이 나의 움직임에 족쇄를 걸었다. 역으로 바람을 불게 만들어 움직임을 느리게 하려는 속셈.

'태을무극심법.'

그중 바람의 속성을 이용한다.

정령이 내보내는 바람과 융화되어 내 움직임은 역으로 빨라졌다.

몸을 살짝 낮춰 더욱 빠르게 전진한다. 그것을 본 엘프 검사는 눈을 크게 떴으나, 이내 침착하게 맞수를 두었다. 그 역시 나를 향해 달려오기 시작한 것이다.

공격은 공격으로. 엘프답지 않게 다분히 전사적인 측면이 있었다.

이윽고 서로의 바람과 바람이 부딪쳤다.

서로가 서로에게 도약하며, 마침내 마지막 일수(一手)를 뻗었다.

"한 치도 밀리지를 않네."

"그래서 누가 이긴 거지?"

"엘프 쪽이 조금 더 빨랐던 거 같은데……."

그 결과를 지켜보던 이들이 한마디씩 말을 꺼냈다. 막상막하. 하지만 분명한 건 마지막 일수에서 결판이 났다는 것이다.

서로 등을 보이며 서 있었으나.

쿨럭!

엘프 검사가 피를 토하고 반쯤 쓰러졌다.

애써 검으로 바닥을 짚은 채 겨우 자세만 유지하고 있었다.

잠시 후 복부가 피로 물들었다.

"좋은…… 싸움이었다."

흑풍검을 집어넣은 뒤, 나 또한 고개를 끄덕였다.

엘프의 특질을 가져왔기 때문일까? 태을무극심법을 다루는 것이나 반응속도 같은 게 조금 더 빨라진 기분이었다.

정령들도 나를 두려워하는 기색이 많이 옅어졌다.

"역전의 검사를 정말로 이겨 버릴 줄이야……."

"저런 놈이 갑자기 어디서 튀어나온 거지?"

짝짝!

짝짝짝짝!

다크엘프들이 하나둘 박수를 쳤다.

반대로 엘프들은 분에 넘치는 눈빛으로 나를 노려봤다.

반을 잃고, 나머지 반을 얻은 셈이다.

이어 어깨를 으쓱하고 다크엘프 퀸, 엘라리뇨가 있는 방향을 바라봤다.

그녀는 아예 자취를 감추고 있었다.

하지만 곧 다른 이에게서 그녀의 전언을 들을 수 있었다.

"퀸 엘라리뇨께서 너를 보고자 하신다. 따라오너라."

모든 이가 해산하자, 곧 검은색 까마귀 옷을 입은 다크엘프가 다가와선 내게 말했다. 까마귀의 깃털로 만든 저 옷은 '친위대'의 상징이었다.

나는 고개를 끄덕였다.

'올 게 왔군.'

일단은, 계획대로였다.

나는 최후의 영웅이었고 수많은 사람과 만났다.

수많은 죽음을 겪었으며 그들이 죽기 직전 남긴 말들은 아주 주효한 정보일 경우가 많았다.

예컨대 경합의 장에서의 이야기들. 누군지 모를 존재로부터 '주박'에 의해 입이 막혔다곤 하지만 이미 죽어가는 자에게 그런 금제는 소용이 없었다.

그래서 나는 경합에 대해서 다른 이들보단 많은 정보를 가지고 있었으나 퀸 엘라리뇨에 대해선 전혀 아는 바가 없었다.

"처음 보는 녀석이로구나. 이름이 무엇이냐?"

"테오라고 합니다."

퀸 엘라리뇨의 첫인상을 말하자면 그야말로 도발적이었다.

생각해 두었던 이름을 입에 담자 퀸 엘라리뇨가 작게 웃었다.

"흔해 빠진 이름인데. 어디 출신이지?"

"'지평선' 출신입니다."

심연의 지평선!

거대한 용병 도시이자 용병단의 이름이고, 그곳을 이끄는 건 다크엘프 엘더 쟈낙이었다. 라이라나 우리엘 디아블로와도 인연이 있는 존재가 쟈낙이었으니, 과연 퀸 엘라리뇨가 이 이름을 알지 살짝 떠본 것이다.

그리고 내 말이 끝남과 동시에 퀸 엘라리뇨의 눈이 잠시 흔들렸다.

"지평선? 심연의 지평선에서 왔단 말이냐?"

알고 있다!

그러면 퀸 엘라리뇨도 심연에서 왔다는 뜻일까?

나는 애매하게 웃어 보였다. 그러자 퀸 엘라리뇨가 한참이나 나를 바라보더니 이어서 말했다.

"지평선 출신이라면 그 실력이 이해는 되는구나. 쟈낙 님은 안녕하신가?"

"영주님을 아십니까?"

"알다마다. 50년 전에 그분이 잠시 나를 가르치신 적이 있지."

"그럼 퀸 엘라리뇨께서도 심연에서 오신 모양이군요."

"……? 이상한 소리를 하는구나. 쟈낙 님은 '세계수'를 다룰 수 있는 몇 안 되는 엘더 중 하나. 그분은 '지혜의 나무'가 있는 곳이라면 어디든 갈 수 있다."

말하자면 퀸 엘라리뇨는 심연 출신은 아니지만, 쟈낙이 세계수를 통해 넘어와선 직접 가르침을 주었다는 뜻이다.

이에 퀸 엘라리뇨가 의미심장하게 나를 쳐다봤고, 나는 태연하게 입을 열었다.

"쟈낙 님이 직접 가르침을 내리다니, 좀처럼 없는 일인지라. 그분이 가지신 마안에 마음에 들 정도의 재능은 좀처럼 없지 않습니까?"

"그렇지. 그분이 가지신 붉은 마안은 아주 까다롭지."

퀸 엘라리뇨가 기분 좋게 미소 지었다.

자신의 재능을 인정하는 나의 말에 의기양양해진 것이다.

다시금 나를 쳐다보는 퀸 엘라리뇨의 눈빛에서 조금의 호감이 더해졌다.

"지평선 소속이라면 나의 친위대가 되는 데 문제가 없지. 그곳의 용병은 모두 일당백의 전사라고 들었다."

"저보고 친위대가 되라는 겁니까?"

"그래, 나는 너에게 직접 권유하고 있는 것이다."

여기서 제안을 거절하면 기껏 얻은 호감이 도로 날아가 버릴 공산이 컸다. 나는 그녀와 그녀의 건너편에 있는 두 개의 깃발을 바라봤다.

'퀸 엘라리뇨를 움직일 수 있다면…….'

우리엘 디아블로로서 만난 인연이 이렇게 부메랑이 되어 도움을 줄 줄이야.

퀸 엘라리뇨를 움직이면 사천이 넘는 다크엘프를 얻는 것이다. 앞으로의 일정에 상당한 도움이 될 것은 자명했다.

게다가 좋은 정보도 들었다.

'그리고 쟈낙이 세계수를 다룰 수 있다고 했지.'

지혜의 나무라는 게 무엇인지는 모르겠지만 쟈낙이 세계수를 통해 세계를 이동할 수 있다면, 미래에 예상외의 복병이 될 수도 있을 듯싶었다.

그녀와의 관계를 조금 더 진전시켜야겠노라고 마음먹으며 나는 퀸 엘라리뇨를 바라봤다.

"알겠습니다. 대신 조건이 있습니다."

"조건? 흠, 말해보아라. 내가 들어줄 수 있는 것이라면 들어주겠으니."

"용병은 본래 얽매이는 걸 싫어합니다."

"그건 나도 알고 있다."

"그러니 제 판단에 따라 따로 움직이는 일이 있더라도 양해를."

"오냐, 대신 친위대의 옷만큼은 입어줘야겠다."

굉장히 시원한 결론이었다.

까마귀 깃털로 만들고, 투구는 까마귀 부리처럼 튀어나온 그 옷을 입으라는 것이다. 들어주기 힘든 조건은 아니었다.

어깨를 으쓱하며 고개를 끄덕였다.

"나의 감옥에 온 것을 환영하마."

그러자 지금 상황을 빗댄 재치 있는 농담과 함께 퀸 엘라리뇨가 다시금 미소를 지었다.

크아아아악!

잘리고, 물리며, 찢긴다.

거인이 비명을 내질렀다.

죽음을 두려워하지 않는 괴물들이 물밀 듯이 밀려오고 있었다.

감옥을 지키던 간수장조차도 그들의 움직임을 막지 못했다.

"아무도…… 우리를 막을 순 없다! 썰어라! 죽여라!"

간수장의 머리를 거대한 도끼로 토막 낸 오크가 괴성을 내질렀다.

수천의 시체가 깔렸지만 개의치 않았다.

그 주변으로 3만이 훌쩍 넘는 오크가 무기를 들며 승리를 자축했다.

"자이렐! 자이렐!"

"자이렐! 자이렐!!"

오크 로드 자이렐!

간수장을 죽이고 그가 다섯 종족 중 가장 먼저 선봉장에 섰다.

그 변화를 가장 먼저 읽은 건 인간의 진영이었다.

몇몇 경로를 통해 사람을 잠복시켜 둔 아포칼립스 길드가 그 정보를 가장 먼저 접했고, 그 즉시 다음 방안에 대한 토의가 이뤄졌다.

"오크들도 멍청하군. 그 많은 희생을 내면서 간수장을 죽이다니."

"그래도 놈들이 어디로 공격해 올지 모르지 않습니까?"

"일단 모든 출입구에 척후병을 보내서 대기토록 해야 합니다."

그 중심에서 아포칼립스 길드의 길드 마스터인 김민식은 눈을 감은 채 고뇌를 하는 중이었다.

'오크가 가장 먼저 움직였다. 놈들은 엘프를 우선적으로 공격할 것이다.'

오크는 '아름다운' 것을 증오하는 경향이 있었다. 특히 자연계에서 엘프는 오크의 천적과 같았다. 오크는 침략으로 세를 유지하는데, 그 침략에 따라 자연이나 생태계의 훼손이 자연적으로 따라오기 때문이다.

엘프들은 오크들을 증오하고, 오크들도 엘프들을 증오한다.

'간수장을 쓰러뜨리지 않으면 오로지 수성만이 가능하다. 반대편에서만 열리는 문…… 드워프들과 손을 잡아야 하나?'

또한 엘프는 드워프와도 사이가 나쁘다.

오크와 엘프가 전쟁을 벌이면 드워프들 쪽에선 손뼉을 치며 좋아할 것이다.

어부지리를 취할 기회.

그들과 손을 잡고, 수인족을 친다.

그림은 아름다웠다.

"발이 빠르고 은신에 능한 사람으로 드워프들에게 사람을 보내지."

그가 결정하자, 회의는 종료되었다.

그리고 발이 빠른 사람 몇 명을 고르고 골라 드워프들에게 사자로 보냈다.

하지만 반나절이 지나고 돌아온 사람은 한 명뿐이었다.

몰골이 말이 아니었다. 팔 하나도 잘려 있었다.

"그, 그들은 저희와 동맹을 할 생각이 없다고 합니다. 그, 그리고 이상한 것을 보았습니다."

어떻게든 살아 돌아온 사자가 필사적으로 김민식에게 말을 전했다.

"이상한 것?"

"부, 분명히 오크들이 있었습니다. 오크 로드 자이렐이라고 한 것 같습니다. 오, 오크와 드워프들이 손을 잡은 것 같습니다. 저희는 그들에게 쫓겼습니다."

……뭐라고?

그게 어떻게 가능한 일이지?

망치로 후두부를 강하게 내리 맞은 것 같은 기분이었다.

어찌하여 오크와 드워프가 손을 잡는단 말인가.

'형벌의 감옥…….'

김민식은 심호흡을 했다.

식은땀이 줄줄 흘렀다.

분명히 정보가 없지 않았음에도 한발 늦었다. 그것도 오크에게 선수를 빼앗겼다.

녀석들은 엘프를 공격하지 않았다. 대신 우회하여 동맹을 만들었다. 무식함의 대명사 오크의 머리에서 나온 수라고는 믿기지 않았다.

하지만 부정할 수 없는 현실이다.

형벌의 감옥에서의 경합이 결코 쉬울 것 같지 않다는 느낌이 강하게 드는 순간이었다.

29장
까마귀 군주

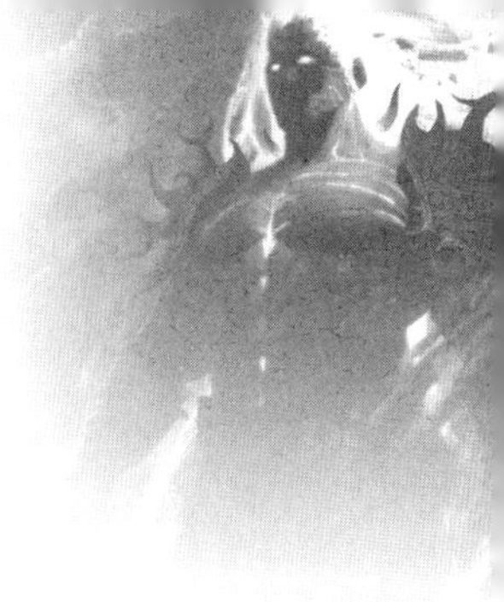

나는 감옥 곳곳에 '눈'을 심어뒀다. 지배자의 능력으로 말미암아 오크와 드워프, 수인족의 중심부에도 내게 정보를 전하는 눈과 입을 존재토록 한 것이다.

당연히 오크와 드워프의 연합을 가장 먼저 눈치챈 건 나다.

이 사실을 퀸 엘라리뇨에게 전하자 그녀의 반응은 차가웠다.

"오크와 드워프가? 흥, 꼴 보기 싫은 놈들이 알아서 합쳐주었군. 한 번에 쓸어버리기 좋겠어."

다른 엘프들도 마찬가지였다. 그녀와 별다를 바가 없는 반응을 보였다.

오크와 드워프. 꼴 보기 싫은 두 종족이 연합을 했다 하니 오히려 환영하는 분위기였다.

하지만 이대로는 위험하다. 만약 오크나 드워프 진영에서 엘프들이 분열되어 있다는 사실을 접하게 되거든 즉시 공격이 들어올 게 자명했다.

내가 본 오크 로드 자이렐은 멍청한 놈이 아니다.

'오히려 똑똑해서 문제이지.'

아무리 머리 나쁨의 대명사 오크라고 하더라도, 종류에 따라선 인간보다 똑똑할 경우도 무척 많았다. 특히 오크 로드 자이렐, 이 녀석은 전쟁을 안다.

어쩌면…… 정치도 알고 있을지 모른다.

그래서 까다롭다.

어찌해야 할까.

'분노를 자극해야 한다.'

외부에서의 분노는 힘을 합치게 만든다.

경각심을 가지게 하고 의지를 불태우는 감정이 바로 분노였다.

아직 오크와 드워프의 화합이 완전하지 않을 때, 대비토록 만드는 특효약은 엘프들의 분노를 자극하는 것 외엔 없을 듯했다.

'인간 진영에서 보낸 사자를 죽였다면 수인족에게까지 손

을 내밀 가능성이 없지 않다.'

오크와 드워프, 수인족이 힘을 합친다?

인간 진영과 엘프 진영이 아무리 강하다고 해도 이길 수 없다.

둘이 힘을 합친다면 또 모르겠지만, 쉽지 않은 일이다. 이곳에서 더욱 절실하게 느끼는 것이지만 '인간'은 모든 종족의 미움을 받고 있었다.

'오크의 입장에선 엘프부터 쳐내고 싶겠지.'

인간과 엘프가 쉽게 힘을 합치기 힘들 것이란 걸 오크 로드 자이렐은 알고 있는 것이다. 오히려 놈은 엘프와 인간이라는, 드워프와 수인족이 싫어하는 먹이들을 놔두고 '분노'를 자극하여 힘을 합치고 있었다.

우선 저놈들부터 쳐내자고.

확실히 똑똑한 놈이었다.

'엘프가 당한 다음은 인간이다.'

확신할 수 있었다.

당하지 않으려면 먼저 움직여야 한다.

하지만 계기가 있지 않는 이상은 힘들다.

그나마 다행인 점이라면 내 입김이 퀸 엘라리뇨에게 닿아 있다는 것.

학연이나 지연과 같은 느낌이었지만 지평선 출신이라 말

하자 퀸 엘라리뇨는 내게 꽤 강한 호감을 보이고 있었던 것이다.

그렇다면.

'그 방법밖엔 없겠군.'

고개를 끄덕이며 결론을 내렸고, 그 즉시 나는 움직이기 시작했다.

오십의 오크가 반대편의 '문'을 열고 들어왔다.

엘프들의 감시가 소홀해지는 틈을 타서 조용히 입성한 그들은 조용히 숨을 죽인 채로 신속하게 움직였다.

이어 오크 스무 마리가 거대한 늑대, '야크'를 타고선 반대편의 다크엘프 진영으로 향했다. 나머지 30의 오크는 감옥과 같은 길목들을 제집처럼 돌아다니며 움직이는 중이었다.

"오크다!"

"불이다! 오크들이 불을 질렀다!"

먼저 떠나간 20마리의 오크가 약속한 행동을 취하기 시작했다. 미리 구해온 동물의 기름과 불을 사용해 반대쪽의 거대한 복도들 사이사이에 불을 지른 것이다.

엘프들은 불에 민감하다. 급히 물의 정령을 불러와 진화에 나섰지만 오크들의 공격 때문에 쉽지 않은 일이었다.

불의의 습격. 엘프들이 소리를 지르며 움직이기 시작했다.

소수를 제외한 대부분의 엘프와 다크엘프들이 그 방향으로 발을 옮겼다.

그리고 어둠 속에 섞여 이동하던 나머지 오크들은 주변의 기척이 사라지자 더욱 빠르게 엘프의 진영으로 침입하였다.

"멈춰라!"

검을 든 엘프들이 막아섰다. 그 숫자가 정확히 오십. 그들 모두가 실력자였다. 다크엘프와 마찬가지로 '친위대' 격의 존재들. 아무리 오크가 야크를 타고 왔다고 하더라도 이길 수 없다.

"너희들의 습격은 실패했다. 감히 저주받은 종족 주제에 엘프를 넘보다니!"

오크들이 서로를 쳐다봤다.

그러곤 고개를 끄덕이며 도끼나 거대한 검 따위를 꺼냈다.

싸우겠다는 의지다. 실력도, 숫자도 밀리지만 용맹한 오크 전사들다운 모습이었다.

"놈들을 죽여라! 엘프의 위대함을 몸소 겪게 해줘라!"

대장 엘프가 검을 뽑았다.

동시에 찬란한 빛이 검에 맴돌았다. 그 보기 힘들다는 빛의 정령의 가호를 받고 있는 것이다.

챙! 채쟁!

순식간에 오크들을 둘러싼 엘프들이 검을 꺼내 위협을 가했다.

하지만 어찌 된 일인지 오크들은 움직이지 않았다.

'싸울 듯하더니 그새 포기한 건가?'

엘프 대장이 내심 고개를 갸웃했다.

그 순간.

"크아아악!"

"어, 어째서……!"

옆에 있던 엘프가 다른 엘프를 죽이기 시작했다.

그 숫자가 10명 안팎에 불과했지만 전혀 의심하지 않았던 바로 옆의 이가 갑자기 무기를 들이밀어 심장을 꿰뚫으면 피할 방법이 없다.

같은 엘프를 공격하는 그들의 눈은 몽롱하게 풀려 있었다.

순식간에 50이었던 엘프의 숫자가 반으로 줄었다.

'이게 대체?'

엘프 대장 역시 당황할 수밖에 없었다.

촤아악!

공격해 오는 엘프의 목을 베어내며 엘프 대장이 말했다.

"저주의 마법인가! 오크 놈들…… 용서하지 않겠다!"

영락없는 오크의 저주로 받아들인 그가 더욱 찬란한 빛과 함께 오크들을 도륙하기 시작했다.

하지만 오크와 세뇌된 엘프들이 함께 힘을 합쳐 공격하니 버틸 재간이 없었다.

'불을 지른 건 유인책이었구나!'

그제야 아뿔싸 한 표정을 지은 엘프 대장이었으나 이미 늦었다.

'이곳만은 지켜야 하거늘!!'

열이 넘는 오크를 혼자 죽였지만, 같은 엘프에 의해 뒤에서 공격을 당하고 등을 수없이 찔렸다. 죽어가던 오크 하나가 오른팔을 물어서 뜯어내자 그 또한 더는 움직일 기량이 없었다.

털썩!

이내 주변이 모두 정리되자 오크와 남은 세 명의 엘프가 서로를 쳐다봤다. 그러곤 고개를 끄덕이며 다음 단계로 나아갔다.

감옥의 내부에 위치한 집무실.

미로같이 얽힌 장소라 사전에 알지 못하면 도달하는 것조차 쉽지 않은 장소를 오크들은 한 번에 찾아갔다.

그 문을 열자 쾅! 소리와 함께 오크들이 튕겨져 나갔다.

"감히……!"

하이엘프 오르모아!

이곳은 그녀가 기거하는 장소였다.

그녀의 뒤에는 세 개의 깃발이 꽂혀 있었다.

하지만 방금 그 충격으로 오크 셋이 절명했다. 남은 숫자는 오크 일곱과 세 엘프가 전부였다.

그들이 함께 서 있는 모습을 보고 하이엘프 오르모아는 충격을 받은 표정을 지어 보였다.

"용맹한 그대들을 세뇌할 정도의 무서운 저주를 오크가 걸었단 말인가요? 어느 사이에!"

처억!

마치 좀비처럼 검을 뽑고 달려드는 엘프들을 보며 오르모아가 양손을 뻗었다. 그리고 한 차례 손을 모으자.

콰아앙!

허공에서 폭발이 일어났다.

가장 가까이로 다가오던 엘프 둘이 다시금 죽었다.

그녀의 주변으로 불이 솟구치며 거센 바람이 불었다.

이어 지면이 뒤틀리며 땅에서 돌로 된 손이 솟아나 다가오던 자들의 발목을 붙잡았다.

하이엘프는 4원소의 정령을 모두 다룰 수 있었다.

"미안해요. 하지만 어쩔 수 없어요. 대신 오크를 모두 죽여 드릴게요."

살벌하기 짝이 없는 소리.

신성하다 전해지는 하이엘프였으나 지금의 그녀는 표독스러운 눈빛으로 죽음을 말하고 있었다.

이 정도 숫자로 그녀 하나를 당해내는 건 분명히 힘들다.

하지만.

툭!

오르모아가 순간 실 끊긴 인형처럼 바닥에 쓰러졌다.

어느새 그녀 뒤로 솟구친 검은색 인영이 있었다.

까마귀 깃털로 만든 옷과 얼굴을 가리는, 뾰족한 부리의 까마귀 투구를 착용한 남자가 오르모아의 목을 쳐서 기절시킨 것이다.

"생각보다 뒤는 무방비하군."

검게 물든 바닥에서 튀어나온 그 인영은 쓰러지던 오르모아를 붙잡고 어깨 위에 대충 얹었다.

그리고 유일하게 살아남은 엘프를 향해 말했다.

"이곳에서 일어난 모든 일은 오크들이 꾸민 짓이다. 너는 최선을 다해서 막았으나 둔기에 맞고 기절해서 겨우 목숨만 부지할 수 있었다."

"이곳에서 일어난 일은 모두 오크들이 꾸민 짓. 둔기에 맞고 기절."

"또한 너는 이곳에서 나를 본 적이 없다."

"예."

엘프의 대답을 듣고 남자는 고개를 끄덕이며 벽에 걸린 깃발을 바라봤다.

세 개.

그것들을 모두 취한 뒤 그는 자리를 벗어났다.

하이엘프 오르모아가 납치당했다!

엘프 진영에서 최고 서열의 존재가 납치를 당하자 일파만파 이야기가 퍼져 나갔다.

즉시 현장으로 되돌아온 엘프들이었으나 그들이 본 것은 낭자하는 피와 사체들밖에 없었다.

유일한 생존자인 엘프 하나가 있기는 했지만…….

"오크들이 갑자기 침범했습니다. 최선을 다해서 막았지만 저는 둔기에 맞고 기절했습니다. 다시 일어나니 오르모아께서 납치를 당한 이후였습니다."

엘프의 머리에는 확실히 둔기로 맞은 흔적이 있었다.

기절을 했다 하니 별반 건질 정보도 없었다.

물론 정보가 필요하진 않았다.

주변에 있는 오크의 시체들.

더 조사를 할 필요가 없을 정도의 정황이었다.

뿐만인가.

깃발이 사라졌다.

깃발이 있던 장소에는 피로 적힌 글이 있었다.

-하이엘프를 되찾고 싶다면 나머지 두 개의 깃발을 내놓아라. 오크 로드 자이렐의 명이다.

오크 로드 자이렐!

오만하게도 녀석이 선전포고를 건 셈이다.

엘프들은 분개했다.

"놈들을 죽여야 합니다."

"오르모아 님을 되찾아 와야 합니다!"

냉정하게 생각할 여유가 사라졌다.

의문점이 한두 가지가 아님에도 그것을 조사하고 의문을 제기하는 엘프는 극소수에 불과했다.

깃발과 오르모아가 없으니, 당연히 실권은 퀸 엘라리뇨가 잡게 되었다. 자연스럽게 다크엘프 쪽으로 힘이 모였고 퀸 엘라리뇨는 선택을 할 수밖에 없었다.

깃발을 넘겨주는 건 말도 안 된다.

"주제도 모르는 오크 놈들이 우리를 공격했다. 가만히 맞아주고 있을 순 없는 노릇. 놈들을 쓸어버리겠다."

그리고 그 선두를 까마귀들이 섰다.

퀸 엘라리뇨의 친위대!

그들의 출정과 함께 잠잠하던 감옥에서의 큰 변화가 시작되었다.

툭. 툭.

물방울이 떨어지는 소리와 함께 그녀가 눈을 떴다.

하이엘프 오르모아.

"으으음……."

인상을 찌푸리며 일어난 그녀가 돌연 눈을 크게 뜨더니 주변을 살폈다.

작은 호수. 그리고 굴속이었다.

척!

팔을 움직이려 했으나 여의치 않았다.

팔목을 감싼 쇠사슬. 끊어내려 했으나 꿈쩍도 하지 않았다.

'마력이 움직이지 않아.'

정령을 불러도 대답이 없었다. 몸도 제대로 말을 듣지 않았다.

"드디어 일어났군."

그리고 그것을 굴의 구석에서 지켜보던 내가 피식 웃으며 오르모아에게 다가갔다.

이 촌극의 대본을 짜고 무대로 옮긴 건 모두 나다.

오로지 하이엘프 오르모아를 납치하기 위한 작전이었다.

오르모아가 경계하며 나를 바라봤다.

“당신은 누구죠?”

“이 복장을 보면 모르겠나?”

“퀸 엘라리뇨의 친위대……. 그렇다면 당장 이 족쇄를 푸세요.”

“그건 안 되겠군.”

“왜죠?”

“그런 명령은 받은 적이 없으니까.”

어깨를 으쓱하며 말하자 오르모아가 이맛살을 구겼다.

“그건 무슨 소리죠? 설마…… 이번 일을 엘라리뇨가 계획했단 말인가요?”

“마음대로 생각해라.”

“있을 수 없는 일이에요. 아무리 다크엘프라지만 오크와 손을 잡는 경우는 있을 수 없어요.”

“어떻게 확신할 수 있지?”

오르모아는 입을 꾹 닫았다.

엘프와 다크엘프. 그들 모두가 지구에 나타난 싱크홀과 비슷한 것에 이끌려 이 장소에 무작위로 모여든 것이었다. 당연히 서로가 서로를 모르는 경우가 태반이었다.

특히 하이엘프 오르모아와 퀸 엘라리뇨는 서로를 완벽하게 모른다. 굳이 섞이려고 들지도 않았고 서로 반목을 하고 있었으니, 무슨 일이 일어나도 이상할 건 없다.

"그래서 나를 납치해 무엇을 할 작정이죠?"

"글쎄, 일단 지금쯤이면 간수장은 해치웠겠군."

"그 거인족을……! 왜 그런 무모한 짓을!"

오르모아가 탄식을 흘렸다.

간수장은 거인족의 일원이었다. 거인과 엘프는 서로 사이가 나쁘지 않다. 서로가 서로를 존중하며 협의점을 만들어 가고 있는 와중이었던 것이다.

"상황이 정리될 때까지 너는 이곳에 있어야 한다. 잠잠해지면 풀어주지."

"정말로 퀸 엘라리뇨가 이런 상황을 원한 건가요? 무차별하게 죽고 죽이는, 서로가 서로를 의심하는 상황을 만들고 싶어 했던 건가요?"

오르모아의 눈빛이 복잡했다.

의심을 시작했단 방증이다. 내게 있어서 오르모아는 '보험'이었다.

오크들을 처리하고 그 뒤까지 생각하여 살려둔 것이다.

"얌전히 있어라. 허튼 수를 쓰면 바로 사지가 절단될 것이니."

나는 등을 돌렸다.

크륵!

크르륵!

그러자 바깥에서 대기하던 오크들이 들어와 오르모아의 주변을 감쌌다.

오르모아의 두 눈에 절망이 깃들었다.

오크 로드 자이렐, 드워프 킹 골고르가 한자리에 모였다.

"하이엘프를 내놓으라니. 우리가 납치라도 했다는 말인가?"

"엘프는 오크를 지목했다. 자이렐, 정말 짚이는 게 없나?"

"우리 오크는 그런 치졸한 수는 쓰지 않는다."

특히 자이렐은 잔뜩 분개하고 있었다. 용맹한 오크들은 결코 납치 따위의 저열한 수를 사용하지 않는다. 당당하게 쳐들어가서 짓밟고, 죽이는 게 훨씬 오크다운 일이었다.

"그런데 왜 엘프가 그런 말도 안 되는 명분으로 우리를 공격하고 있는 거지?"

골고르가 고개를 갸웃했다.

엘프와 다크엘프는 그들로서도 쉽지 않은 적이다. 오크와 드워프의 연합을 보고 다급함이라도 느낀 걸까?

“전쟁의 명분은 대부분 억지다. 하지만 피를 본 순간 억지는 힘을 얻는다. 오크는 공격을 당했고, 오크는 그 죗값을 치르게 할 것이다.”

자이렐이 이를 갈았다. 육중한 몸엔 척 보기에도 훌륭한 장비들이 걸쳐져 있었다. 비단 그뿐이 아니었다.

“드워프의 기술력과 오크의 용맹함이 합쳐졌으니, 아무리 엘프라도 우리의 ‘성’을 넘보진 못하겠지.”

드워프 킹, 골고르는 미소를 지었다. 감옥에 도착한 즉시 드워프들은 이곳을 개조했다. 더한 미로로 만들어 누구도 쉽게 넘보지 못할 성으로 만든 것이다.

게다가 오크들은 강력한 무장을 손에 넣었다.

엘프들이 아무리 정령을 다루고, 강하다고 하더라도 오크와 드워프의 조합이 만든 견고한 벽을 넘지는 못할 것이다.

“엘프를 사냥하면 그다음은 인간이다.”

“자이렐, 수인족은 어찌 처리할 셈이지?”

“수인족은 통합되지 않았다. 산에 왕이 없으니 여우들만 설치고 있다. 오크가 그 여우 중 하나를 가짜 왕으로 만들 것이다.”

“드워프들도 협조하지.”

골고르가 말하자 오크 로드 자이렐이 흉악하기 짝이 없는 눈으로 그를 바라봤다.

"피를 나눈 우리의 맹약은 영원하다. 15개의 깃발 외의 모든 깃발은 드워프의 것이다."

오크.

추악한 돼지머리 괴물, 대지의 저주받은 종족으로 불리는 오크는 태생 자체가 침략자였다. 그들이 있는 곳은 순식간에 멸망의 길을 걸으며 모든 생명이 사라진 대지를 떠나 다른 영역을 침략하며 살아가기 때문이다.

어린아이 수준의 지능이 있다고 전해지지만 오크의 무서움은 '죽음을 모르는 돌진'에 있었다. 그들은 일상이 전쟁이다. 2m에 근접하는 체구와 전신에 가득한 근육들, 강력한 송곳니는 오크를 전사의 종족으로 만드는 데 크게 일조했다.

과거에도 오크는 굉장히 골머리를 썩이게 만들었다.

식량과 적당한 공간만 주어지면 무한하게 증식하며 주변을 황폐화시킨다. 한 마리, 한 마리는 어찌 상대할 수 있지만 '위대한 지도자'라도 탄생하여 군단 단위로 모이게 되는 날에는 아무리 능력치의 차이가 나더라도 몸을 사리게 만들 정도로 위협적이었다.

'그 오크가 드워프의 무기와 갑옷을 착용했다.'

나는 까마귀로서 전쟁에 참여하고 있었다. 엘프와 다크엘프들은 그 즉시 간수장을 쓰러뜨리고 오크의 진영을 향해 진격하기 시작했다.

갑작스러운 공격에 당황한 오크들을 파죽지세로 밀고 나갔지만 어느 순간부터인가 그 속도가 지지부진해졌다.

오크가 뭉치기 시작했다.

제대로 중무장을 한 오크들이 범람하자 엘프들의 마법이나 정령술도 거의 통하지 않았다. 육중한 몸으로 밀어붙이자 종잇장처럼 찢기거나 던져지는 엘프들이 속출했다.

"까마귀들은 앞으로!"

"까마귀들은 앞으로!"

그러나 친위대들은 나름 선방하고 있었다.

오크와 그들이 탄 거대한 늑대, 야크의 상대법도 숙지하고 있는 듯싶었다.

감히 전쟁의 베테랑이라 칭할 수 있으리라.

정령을 실어 활을 쏘거나 검을 들어 오크의 목을 베었다.

나는?

나도 마찬가지다. 오히려 거리낌이 없었다.

'보인다. 들린다. 느껴진다.'

쉬리릭!

검을 휘두르는 손이 채찍처럼 휘는 것 같았다. 엘프의 인자를 진화시켜 얻어낸 유연함이었다. 몸이 더 가늘어졌지만 대신 더 많은 걸 보고 느낄 수 있게 되었다.

'하이엘프 오르모아의 인자가 진국이었군.'

하이엘프의 피를 먹자 엘프로서의 변화가 시작됐다.

[엘프의 인자가 매우 강성해져 있는 상태입니다.]

-시각, 청각, 후각, 촉각, 미각이 20% 상향됩니다.

-유연함이 50% 증가합니다.

-어둠 속에서 더 잘 볼 수 있게 됩니다.

-체력이 30%(66-19.8)만큼 낮아집니다.

-모든 정령의 친화력이 올라갑니다.

그야말로 그 종족의 특성을 흉내 낼 수 있게 되었다. 체력이 낮아지는 단점이 있었지만 대신 모든 분야에서의 상향 또한 이뤄졌다.

일단 오감이 20%가량 상승한 것만으로도 내가 볼 수 있는 시야의 범위 자체가 달라졌다. 하다못해 근육의 움직임마저 느껴질 수준이니 말은 다했다.

여기서 다크엘프 퀸 엘라리뇨의 인자를 흡수하면 조금은

더 변할 여지가 있었다.

'암령의 제어가 조금 더 쉬워졌어.'

더욱 놀라운 건 엘프의 특성을 얻자 암령이 훨씬 얌전해졌다는 것이다. 아마도 태을무극심법의 궤와 하이엘프 오르모아가 가진 모든 정령의 친화력이 반영되어 시너지 효과를 얻은 게 아닐까 싶었다.

'오크의 인자는 어떨까?'

자연스럽게 궁금증이 생겼다.

잔학함의 대명사 오크. 놈들의 피는 무슨 효과를 가져다줄지.

[오크 인자를 획득했습니다.]

[오크 인자를 획득했습니다.]

…….

[오크 인자가 보통인 상태입니다.]

오크의 피가 사방에 튀겼으나 개의치 않았다.

엘프의 특성이 강해져서인가? 오크의 피를 보면 왠지 모를 쾌감마저 느껴졌다. 본래 엘프는 피와는 거리가 먼 종족이지만 오크와는 불구대천의 원수인 탓인지 나 역시도 적대감을 느끼고 있었던 것이다.

"허약한 엘프 놈들!! 대전사 후함 님이 상대해 주마!"

콰앙!

거대한 도끼를 휘두르며 붉은 피부를 지닌 오크가 등장했다.

오크 대전사!

오크는 일반적으로 오크-오크 워리어-오크 투사-오크 대전사-오크 샤먼-오크 로드의 순으로 계급이 형성되어 있었다. 오크 대전사쯤 되면 이미 커다란 부족을 이끌 자격을 가지고 있으며 그 힘은 오크 수십을 합쳐 놓은 것과 같다.

대전사가 등장하자 엘프들도 술렁였다.

"까마귀들은 앞으로!"

하지만 선봉은 역시나 까마귀들이었다. 퀸 엘라리뇨의 친위대들이 대전사의 상대를 맡는다면 전장에서의 승리는 어렵지 않을 것이다.

까앙!

까아앙!

하지만 모든 무기가 대전사의 갑옷을 뚫지 못했다.

정령의 힘이 깃든 화살이나 마법도 마찬가지다.

놈은 우악한 손으로 까마귀 하나의 머리를 잡고 그대로 터뜨리며 크게 웃었다.

"간지럽다, 이놈들!"

대전사의 힘은 압도적이었다. 엘프의 모든 공격을 무효화시키고 장작을 패듯 단번에 몸을 둘로 나누게 만두는 모습은 전율마저 일게 만들었다.

공격이 통하지 않는다. 까마귀들 셋이 순식간에 머리가 터지고 나서야 그들도 대전사가 결코 쉽지 않은 대상임을 깨달았다.

'저 갑옷. 마력을 막는 기능이 있군.'

삼안을 열자 관련된 정보들이 수위로 떠올랐다.

<장인의 손길이 깃든 판금 갑옷(value-29,900)>

- 힘+2
- C랭크 이하의 마법 무효화.
- 굉장히 단단하고 무겁다(311㎏).

무식하기 짝이 없는 갑옷이었다.

저런 걸 걸치고 저만한 움직임을 보이는 것 자체가 경이롭다.

하지만 드워프의 장인 정신도 엿볼 수 있는 장비임에는 분명했다.

저런 걸 오크에게 나눠 줄 생각을 한 드워프의 정신 상태가 의심이 됐지만, 그로 인해 엘프들은 속수무책으로 밀려나고 있었다.

'대전사의 인자는 더 특별하겠지.'

하이엘프의 인자를 포식하고 전반적인 효율이 올라갔다. 모든 정령의 친화력 증가 역시도 하이엘프의 인자 덕분이었다.

대전사는 어떨까?

오크의 인자를 모아보기로 하였으니 마땅히 내가 취해야 할 것이었다.

"크하하하! 가소로운 엘프들! 얌전히 패배를 인정해라. 그리하면 죽이지 않고 노예로…… 음?"

콰앙!

도약하여 놈을 내려치자 재빨리 도끼를 들어 응수했다.

일반적이라면 날 수 없는 거대한 폭음과 함께 대전사가 딛고 있던 땅이 움푹 파였다.

힘껏 내려쳤으니 그럴 수밖에.

게다가 흑풍검 역시도 상당히 무게가 나간다.

254kg.

이 무게와 몸의 무게를 함께 실어 내려쳤으니 보통이라면 뼈가 나가야 정상이지만, 대전사는 과연 뼈도 튼튼한 모양이었다.

"네놈은 뭐냐? 엘프치곤 힘이 강한데?"

대전사도 약간은 당황하며 내게 말했다.

그러곤 자신의 도끼를 쳐다봤다.

검과 부딪힌 곳에 날이 나가 있었다.

보통은 검이 부서져야 정상이다. 드워프들이 만든 도끼이고 그 내구성은 이미 검증되어 있었다.

한데 고작 검과 부딪혔다고 날이 나갔다.

흑풍검을 만든 재료가 현존하는 철 중 가장 단단하다 일컬어지는 현철인 것을 대전사가 알 리 만무했기 때문에 더욱 어이없어하고 있었다.

"더 세게 간다."

과연 저 근육이 풍선은 아니라는 건 알겠다.

하여, 나는 암령의 기운을 일으켰다.

암령, 제천대성. 그 힘이 내 전신에 스며들기 시작했다.

쾅! 쾅! 콰앙!

일방적인 싸움이었다.

퀸 엘라리뇨는 그 장면을 바라보며 절로 감탄이 나왔다.

"엘프가 저런 괴력을 발휘할 수 있다니……."

엘프는 신체 구조상 힘이 약할 수밖에 없었다. 선천적으로 근육이 잘 붙지 않기 때문이다.

그런데 지금, 그녀의 눈앞에 펼쳐지는 광경은 그 선천적인 제약조차 뛰어넘고 있었다.

한마디로 미쳤다.

대전사는 연신 방어밖에 할 수가 없었고 도끼는 날이 전부 나가서 휴지 조각처럼 넝마가 된 지 오래였다.

“크아아아! 이 빌어먹을 놈!!”

오크들이 환호하는 정면 대결이었다.

하지만 대전사의 싸움을 바라보는 그 어떤 오크도 환호를 내뱉지 못했다.

그럴 수밖에.

자신의 대장이 패배하는 모습에 환호할 부하들이 어디 있겠는가.

마침내 대전사의 무기가 박살 나고, 그대로 머리와 갑옷이 세로로 잘려 나가자, 퀸 엘라리뇨의 눈이 잠시 풀렸다.

그녀가 바란 엘프의 전형적인 모습이 저기에 있었다.

그야말로 전사의 모범!

꿀꺽!

퀸 엘라리뇨의 목울대가 한 차례 크게 울렸다.

감옥에서 처음 겪는 대전투였다.

오크 오천을 죽이는 대신 엘프도 천이 넘는 숫자가 죽어 나갔다.

단순 숫자로 따지면 대승이다.

[수준급의 오크 인자를 획득했습니다.]

[변형 시의 효율이 상승합니다.]

과연. 아무리 종족이 같아도 다 같은 인자는 아닌 모양이었다.

우성과 열성이 있듯, 좋은 인자도 '급'에 따라 나누어져 있는 게 분명했다.

대전사 다음으로 우리를 막아선 건 '저주의 늪'이었다.

오크 샤먼이 드워프들이 만든 마력 증폭기로 엘프들을 '저주의 늪'에 처박히게 만든 것이다.

"크아악!"

"발이 빠지질 않아!"

"몸에 힘이……!"

저주의 늪은 체력을 빼앗고 수렁처럼 그들을 빨아들였다.

미리 준비된 함정. 대비하기도 전에 발동되어 엘프들을 당황하게 만들었다.

하지만 적어도 나는 그 저주에서 자유로웠다.

'밤의 저주로부터의 면역, 승천의 망토.'

요르문간드의 계약에 의해 나는 저주에 면역성을 갖는다. 이게 어느 수준의 저주까지 통용되는지 확인한 바는 없으나 오크 샤먼의 저주 정도는 가볍게 무시할 수 있는 것 같았다.

이어 승천의 망토로 말미암아 나는 잠시 하늘을 날 수 있었다.

쿠릉! 쿠르릉!

그러자 허공에서 검은 구름이 발생되며 내 머리 위로 번개가 내리쳤다.

허공에서의 공격이라 피하기 어려웠지만, 굳이 피하지도 않았다.

승천의 망토가 내 위로 향하며 그대로 번개를 막아낸 것이다.

항마력을 지닌 이 망토는 어지간한 마법은 그대로 막아낸다. 대전사가 착용했던 갑옷과는 비교 자체가 불가한 수준.

"어찌! 저주의 효과가 듣지 않았단 말이냐!"

모든 수가 통하지 않자 오크 샤먼은 당황했다.

드워프들이 만든 마력 증폭 장치도, 공을 들여 준비한 저주와 마법도 모두 소용이 없었다.

계단을 밟듯 빠르게 허공을 밟으며 오크 샤먼에게 다가간 나는 그대로 검을 휘둘러 놈이 들고 있는 저주를 유지하는 구슬을 반으로 쪼갰다.

"늪이…… 사라졌다?"

"오크 샤먼이 죽었다!"

"대전사를 죽였던 까마귀가 죽였다!"

저주에서 풀려난 엘프와 다크엘프가 모두가 환호했다.

까마귀. 퀸 엘라리뇨의 친위대가 지닌 상징이었지만, 지금의 환호는 오롯이 나에게 향하는 것이었다.

'수인족들에게까지 영향력을 행사하기 전에.'

속전속결로 끝내야 한다.

기뻐할 틈도 없이, 나는 움직이기 시작했다.

막아서는 모든 걸 분쇄한다.

엘프의 전쟁, 그리고 나의 전쟁.

오크들은 등장하는 족족 패배의 맛을 볼 수밖에 없었다.

그리하여 마침내, 오크 로드 자이렐과 만났다.

"오크들 사이에서 너는 '까마귀 군주'라고 불린다. 불과 며칠 사이에 너는 공포의 대명사가 되었지. 하지만 그 이명도 여기서 끝이다. 나, 오크 로드 자이렐의 이름 앞에.”

대검을 들고 한 차례 휘둘렀다.

후우웅!

그것만으로도 대기가 진동했다.

진득한 힘. 강인한 체력.

반대로 나는 조금 지쳐 있는 상태였다.

‘드워프들은 끝까지 모습을 보이지 않고 있다. 드워프는 철저히 기술만 제공하기로 한 모양이군.’

말인즉, 자이렐만 쓰러뜨리면 일단락된다는 뜻이다.

나는 고개를 끄덕였다.

엘프의 특성은 분명히 좋지만 체력의 한계가 뚜렷했다. 이미 지친 몸을 이끌고 이 특성으로 싸울 순 없을 듯했다.

‘어쩔 수 없지.’

심안으로 살핀 자이렐은 결코 만만한 상대가 아니다.

단순 능력치는 이미 나를 넘어선 상태였고, 암령의 힘을 발휘한다 하더라도 자이렐 역시 ‘힘’이라면 대적할 자가 거의 없었다.

남은 방법은 하나뿐이다.

엘프의 특성을 벗어던지는 것.

물론 다시 인간으로 돌아가겠다는 말은 아니다.

힘은 힘으로 맞받아치기 위한 만에 하나의 준비가 되어 있었다.

[특수한 용의 인자가 발현됩니다.]

내가 가지고 있는 용의 인자는 하나뿐이었다.

바로 이타콰의 피!

툭.

뚜두둑!

뼈가 이동한다. 힘이 넘쳐난다.

이윽고, 신체의 변형이 시작되었다.

30장
7대 죄악

감옥의 주인이 말했다.

"비켜라."

그러자 간수장이 깊숙이 고개를 숙였다.

"알겠습니다."

단 한 마디로 간수장이 자리를 비웠다.

정면으로 부딪쳤다면 적어도 수천 명은 죽어 나갔을 정도의 존재가 간수장이었건만, 감옥의 주인 헬라시아가 단 한 마디로 그를 물러나게 만든 것이다.

그리고 그 헬라시아를 움직이게 만든 건 다름 아닌 유서희였다.

"작은 여자아이야. 내 마음에 들었으니 특별히 나는 너에게 '협조'할 것이다. 다음으로 원하는 게 있느냐?"

그 모습을 바라보던 사람들의 눈이 화등잔만 하게 커졌다.

오만하고, 괴이하던 모습은 온데간데없다. 헬라시아는 푸근한 눈빛으로 유일하게 유서희만을 쳐다보고 있었다.

"대체 무슨 마법을 부린 거야?"

"헬라시아가 저 작은 꼬맹이를 따르네?"

헬라시아가 협조한다는 건, 그녀가 가지고 있던 만이천 명도 함께 딸려온다는 소리다.

더불어 골칫거리였던 간수장까지 제거해 주었다.

유서희는 일약 스타의 자리에 올랐다.

"구해야 될 사람이 있어요. 정확히 말하자면 사람은 아닐 수도 있지만요."

"수감자들은 너를 따를 것이다."

공식적으로 만이천 명의 수감자를 넘겨준다는 발언이었다.

유서희는 미소를 지었다. 결국 모든 열쇠는 감옥의 주인이 쥐고 있었다. '그'의 말대로 그녀의 환심을 산 게 주효했다.

동시에 흔히 '아포칼립스 라인', '김민식 라인'이라 불리던 사람들이 하나둘 떨어져 나가며 유서희에게 붙기 시작했다.

새로운 강자의 출현은 아포칼립스 길드 마스터의 입장에서도 썩 달가운 게 아니었다.

"마스터, 유서희라는 꼬맹이가 수감자들을 데리고 이동하고 있다고 합니다."

"마음대로 하게 놔두실 겁니까?"

김민식은 고개를 끄덕이지도, 젓지도 않았다.

애당초 유서희를 제지할 명분이 없다. 명분 없이 억지로 제지를 가하게 되면, 그 순간 여태껏 쌓았던 이미지가 무너질 것이다.

'차라리 잘됐다.'

감옥의 주인이 데리고 있는 만이천 명의 수감자는 항상 걸림돌이 됐다. 그들을 데리고 어디로 가는 건지는 모르겠지만 짐을 제거해 준 셈이다.

지금이 가장 중요했다.

유서희가 간수장을 치우며 성과를 내 조명을 받고 있는 상황이었다. 한국 최고 길드를 이끄는 수장이 그 작은 여자애보다 못한 모습을 보일 순 없는 노릇.

"오크와 드워프가 손을 잡고 엘프와 전쟁을 치르고 있다. 엘프들이 패배한다면 그다음은 확실하게 우리다."

"그럼 놈들의 뒤를 치실 것인지요?"

"그랬다간 세 종족의 공격을 동시에 받을 수도 있다. 우리는 나머지 하나. 수인족을 공략해야 한다."

어차피 셋 중 하나는 확실하게 패배한다.

김민식은 엘프가 패배할 것으로 내다봤다.

두 종족의 연합은 그만큼 강력하다. 하지만 분명히 그들도 엄청난 타격을 받을 건 자명했다.

결국 그가 내린 수는 '수인족의 공략'이다.

마침 수인족이 분열되어 있다는 정보도 접했다.

그렇다면 다른 종족들과 달리 손을 써볼 구석이 많을 터였다.

'이 전쟁의 승패는 내 손에 달렸다.'

준비는 끝났다. 이제는 크게 한 걸음을 내디딜 때였다.

훅! 훅! 후우욱!

전신에서 땀이 증발하며 모락모락 김이 피어나고 있었다.

날카로운 송곳니가 아랫입술을 계속해서 찔렀다.

두 안광이 파랗게 빛났고, 양손의 손등 위로 하얀색의 마법진이 새겨지고 이어지며 전신을 수놓고 있었다.

그리고 그런 내 앞에, 오크 로드 자이렐이 피떡이 되어 쓰러져있었다.

[강력한 오크 인자를 획득했습니다.]

자이렐. 마침내 녀석을 죽였지만 쉽지 않은 싸움이었다.

용의 인자, 그것도 이타콰의 피로 인해 변형을 했음에도 그 무식한 힘 앞에 질려 버릴 뻔했다.

평범한 상태였다면 이기지 못했을 것이다.

'검은 파편.'

게다가 그에게도 검은 파편이 있었다. 무려 여덟 개!

내가 가진 숫자와 같았다.

나는 총 16개의 파편을 획득하게 된 셈이다.

잠시 미소 지었으나, 동시에 현기증이 몰려들었다.

'부작용도 만만치 않군.'

무려 용의 인자다. 나는 다시금 인자가 발현될 때의 문구를 떠올렸다.

[특수한 용의 인자가 발현됩니다.]

-육감의 개통. 1초 이내의 일을 높은 확률로 예견 가능.

-용의 포효. 격이 낮은 모든 존재가 자연스럽게 위축된다.

-힘, 체력, 민첩이 5씩 상승한다.

-단단해진 피부.

-변형 완료 시 강렬한 정신력과 체력 소모.

정신력과 체력을 무한정 소모하는 걸 제외하면 엘프와 달리 아무런 페널티가 없는 것이나 마찬가지였다.

그만큼 용이란 종족의 위대함을 여실히 깨달을 수 있었지만, 문제는 그 소모의 정도가 장난이 아니라는 것.

고작 5분 정도를 싸웠는데도 엄청난 피로가 단번에 몰려왔다.

'육감…… 놀랍군.'

오크 로드와의 싸움에서 결정적인 역할을 한 게 바로 '육감'이었다. 1초 앞의 상황이 자동적으로 머릿속에 그려졌다. 틀릴 때도 있지만, 대부분 개선 가능한 여지에서의 오차였으며 어지간한 건 들어맞았다.

그래서인지 정신력의 소모 역시 상상을 초월했다.

머리가 어질어질했다.

변형을 풀고 엘프로 되돌아갔다.

엘프와 오크는 전투의 와중이었다.

하지만 오크 로드 자이렐이 쓰러지는 걸 모두가 보았다.

오크들의 사기가 순식간에 바닥을 쳤고, 반대로 엘프들은 기세를 타 학살에 가까운 살육을 자행하는 중이었다.

나는 고개를 내저으며 흑풍검을 다시금 들었다.

'이런 곳에서 쓰러질 순 없다.'

모든 경합이 끝날 때까지 쓰러질 생각은 없었다.

엘프들은 승리했다.

노예의 개념이 희박한 엘프들은 오크들의 씨를 말렸다.

그러자 드워프들이 나타나 모두가 긴장할 수밖에 없었다.

남은 엘프의 숫자는 도합 오천. 전쟁이 끝난 직후라 모두가 지쳐 있는 상황이었다. 여기서 드워프들과 싸우면 서로 전멸에 가까운 타격을 입을 게 자명했다.

"우리는 그대들과 싸울 생각이 없다."

그런데 드워프 킹 골고르가 선두로 나서며 화해의 손길을 내밀었다.

"전쟁이 끝날 때까지, 우리와 손을 잡을 생각이 없나? 서로의 나쁜 감정은 뒤로 집어넣고 오로지 승리만을 위하여."

"이미 오크와 손을 잡았던 너희들을 어떻게 믿지?"

퀸 엘라리뇨가 표독스럽게 말하자 골고르가 미소를 지었다.

"우리는 그들에게 약탈당한 것이다. 오로지 장비만을 제공했을 뿐, 그 외의 것은 아무것도 준 게 없으니."

"그래서 또 같은 수순을 밟으려고 그러는 건가?"

"아니, 이제는 우리도 싸워야지. 눈엣가시 같은 오크들이 사라졌으니 우리 둘이 힘을 합친다면 나머지 수인족이나 인간쯤이야 간단할 것이야."

엘라리뇨가 의심의 눈초리를 거두지 않았다.

골고르는 이번엔 그녀의 근처에 있던 나를 지목했다.

“까마귀 군주! 오크 로드마저 쓰러뜨린 그가 있는 곳에 싸움을 걸 생각은 없다. 정 못 믿겠다면 우리의 깃발을 몇 개 넘기지. 그러면 거의 ‘완료’에 가까운 숫자를 모으게 되지 않겠나?”

현재 엘프가 지닌 깃발은 두 개다.

오크가 가졌던 다섯 개와 드워프의 깃발 몇 개를 더하면 거의 열 개, 혹은 그 이상이 될 수도 있을 것이었다.

“깃발을 모두 넘겨라.”

“그 순간 ‘종료’되어버리면 우리로서도 방법이 없다. 엘프들이 가진 5개와 오크들의 깃발 5개, 우리의 것까지 합치면 15개로 경합이 종료되겠지.”

엘라리뇨가 의심의 눈초리를 보냈다.

엘프 진영의 깃발 3개가 털렸다는 걸 그들은 모르고 있는 듯했다.

“하이엘프 오르모아는 어디 있지?”

“오크들도, 우리 드워프들도 그녀를 납치한 적이 없네.”

“웃기는 소리! 오크들이 침략해 와 오르모아를 납치한 걸 많은 이가 봤다.”

“정말로 직접 본 게 맞나?”

엘라리뇨가 멈칫했다.

직접 본 건 한 명뿐이다. 그 한 명의 말로 여기까지 온 것이고.

하지만 주변을 둘러봐도 그 엘프의 모습은 온데간데없었다.

이미 죽어 시체가 되어버린 걸까?

"하지만 오크들이 침략을 한 건 사실이다."

"자이렐도 그 부분은 의아해하더군. 하지만, 맹세하건대 우리는 하이엘프의 납치에 관여한 바가 없다."

"그럼 누가 오르모아를 납치했단 말이지?"

"그건 납치한 사람에게 물어보면 좋겠군."

골고르는 명백하게 불쾌한 기색을 표출했다.

여기까지 와서 그가 굳이 숨길 이유가 없었다.

주변을 다 뒤져 봤지만 오르모아의 흔적은 전혀 찾을 수도 없었던 것이다.

무언가가 이상하다.

그때, 드워프 킹 골고르가 충고했다.

"인간들이 움직이고 있다. 오크와 싸우는 사이에 수인족을 통합하고 있는 모양이더군. 이대로 시간이 지나면……."

"4개."

"흠, 대신 승리 기준에 부합하는 15개의 깃발 외의 나머지 깃발은 우리에게 주어라. 그러면 우리 드워프는 다시금 용맹한 모습으로 너희를 도울 것이다."

엘라리뇨가 잠시 고민하다가 고개를 끄덕였다.

거래가 성사됐다.

엘프가 승리했다!

척후병을 통해 정보가 들어왔다.

그것뿐이었다면 김민식이 이처럼 초조해하고 있지는 않았을 것이다.

'드워프와 손을 잡았다고?'

꽈득!

쥐고 있던 유리잔을 그대로 부숴 버렸다.

엘프가 이길 줄은 몰랐다. 그런데 그걸로도 모자라 드워프가 오크를 버리고 엘프와 합류했다고 한다.

그 소식을 듣자마자 오한이 들었다.

불길한 예감.

아직 수인족에 손을 뻗친 지 얼마 되지 않았다.

그들을 강제로 통합하려고 했지만, 이 미친 수인족 놈들은 서로 전쟁을 벌이고 있었다.

모두가 힘을 합쳐도 될까 말까 한 이때에!

'어떻게 해야 되지?'

온전한 상태로 수인족을 흡수해도 승리를 장담할 수 없는 상황이건만. 하물며 드워프들의 피해는 전무하다고 한다.

이대로 수인족을 끌어들인다 하더라도 고작 1만 안팎일 것이다. 이놈들은 절대로 하나로 힘을 모을 수가 없다. 수인족으로 묶였지만 여러 종으로 세분화되어 있는 탓이다.

'그대로 맞붙으면 진다. 방법이 필요하다. 방법이…….'

초조감이 극에 달했다.

그러던 때에.

유서희가 귀환했다.

"오르모아, 자기 집이다 생각하고 편하게 있으세요!"

"……고마워요."

"그런데 정말 너무 예뻐요. 저 남자들 음흉한 눈빛 보이죠? 무슨 비결이라도 있나요? 저도 한 명 사로잡고 싶은데."

"비결은 딱히……."

"그렇군요. 타고난 건 못 이긴다는 소리군요. 역시 세상은 불공평해."

"충분히 아름다우세요."

하이엘프 오르모아!

유서희는 몇 마리 오크의 시체도 함께 가져왔다.

그러곤 대뜸 김민식에게 찾아와 말했다.

"엘프들과 이야기를 해야겠어요. 좀 도와주시죠?"

이 땅딸막한 꼬맹이가 지금 한국 최강 길드인 아포칼립스의 마스터인 자신을 압박하는 건가?

김민식이 주먹을 불끈 쥐었다.

나는 가만히 전방을 주시했다.

이미 유서희를 통해 모든 지시를 내려놓은 터라 지금의 상황은 이미 정해져 있는 것과 같았다.

5만에 달하는 사람이 모였다.

무기를 들고, 적의를 가지고.

그 중심에 오르모아가 있었다.

"퀸 엘라리뇨, 그대가 나의 납치를 지시했나요?"

"그게 무슨 소리지? 오르모아, 나는 네가 인간 진영에 있는 지금의 상황조차 이해가 되지 않는데. 너야말로 우리를 배신한 건가?"

"배신은 엘라리뇨, 그대가 했겠죠. 그렇게도 전쟁을 치르고 싶었던 건가요?"

둘의 의견이 맞지 않았다.

서로가 서로에게 배신이란 단어를 사용하며 헐뜯고 있었다.

"이게 대체 무슨 일이야?"

"오르모아께서 살아계시잖아?"

엘프들의 혼란은 더욱 가중됐다.

오크에게 납치되었던 하이엘프 오르모아가 왜 인간 진영에 있단 말인가?

엘프들이 하나둘, 다크엘프들과 멀어지며 그들을 묘한 눈빛으로 바라보기 시작했다.

"정말 전쟁을 위해서 오르모아 님을 납치한 건가?"

"오크랑 협력을 했단 말이야?"

의심.

그 두 단어가 뿌리를 내렸다.

이미 무슨 말을 해도 변명밖에 안 될 것이다. 한번 의심이 싹트면 같은 단어도 해석이 달라지게 되는 법이었다.

오르모아의 바로 옆에서 유서희가 의기양양한 표정을 짓고 서 있었다.

나는 가만히 그 장면을 바라보며 고개를 끄덕였다.

'파국이로군.'

둘은 엘프치곤 어렸다. 제아무리 퀸과 하이엘프의 특성을 이었다고 하더라도 경험이란, 연륜이란 결코 무시할 수 없는 구석이 있었다.

가장 먼저 '배신'이란 단어를 함부로 꺼낸 것 자체가 그렇다. 현명한 엘프였다면 일단은 의심이 드는 것부터 풀어내려고 했을 것이다.

하지만 배신의 단어를 먼저 입에 담음으로써 의혹을 거대한 폭탄처럼 증대시켜 버렸다.

물론 엘프들 중에서도 의아함을 제시하는 이들도 있었다.

"혹시 인간들이 오르모아 님을 납치한 거 아닐까?"

"다크엘프가 오크와 손을 잡았다는 건 말도 안 돼! 우리가 앞장서서 오크들의 목을 베었다고!"

합리적 의심이다. 나 역시 고개를 끄덕였다.

하지만 현 상황을 뒤집을 정도의 파급력은 없었다.

의심이 싹을 텄다. 자극적인 조미료 앞에서 자극이 적은 천연의 재료는 본래의 맛을 잃게 마련이었다.

나는 유서희를 바라봤다. 만이천의 수감자를 이끌고 민식이보다 먼저 오르모아를 찾아내 지금의 상황을 만든 건 유서희의 공이 컸다.

'용케 그 꽃을 찾았나 보군.'

감옥의 주인, 헬라시아를 유혹하느냐 마느냐가 유서희가 아포칼립스 길드로부터 해방되고 힘을 가질 수 있는 열쇠였다.

나는 그 방법으로 이곳 감옥에서 아주 드물게 피어나는

'지옥꽃'을 추천했다. 수천, 수만의 피를 먹으며 자라난다고 전해지는 그 특수한 꽃은 분명히 감옥 어딘가에 피어 있었다.

헬라시아가 그 꽃을 원한다는 정보는 과거의 기억을 통해 가지고 있었지만, 지옥꽃이 자라나는 위치를 알 수가 없어서 '찾아보라'고 넌지시 건넨 건데 정말로 찾아낸 모양이었다.

게다가…….

'오르모아에게 입김을 불어넣었다.'

시작은 나였다.

까마귀의 옷을 입고, 오크들을 조종하며 오르모아에게 경각심을 갖게 만들었다. 오크들에 의해 벌벌 떨던 오르모아가 '우연히' 유서희에게 구출되고 전쟁과 관련된 이야기를 들음으로 인해 의혹이 일파만파 퍼져 나간 상태였을 것이다.

그러니 대뜸 '배신'을 입에 담은 거겠지.

이성이 아닌 감정싸움으로 돌입한 거다.

유서희를 바라보자, 유서희도 나를 바라보고 있었다.

'나 잘했죠?'라고 말하는 듯한 입 모양을 보며 고개를 절레절레 저었다.

분명히 김씨 삼 형제는 유서희를 보고 '천사'라고 표현했는데, 천사라기보단 작은 악마에 가깝지 않은가. 악마치곤 귀엽긴 했지만.

"오르모아, 무슨 근거로 나보고 배신을 논하는 거지? 나는 선두에서 까마귀들과 함께 오크의 목을 베었다. 배신했다면 오크들과 손을 잡았겠지."

"까마귀! 오크와 함께 나를 납치한 까마귀가 있어요. 퀸 엘라리뇨, 그대의 친위대가 말이죠."

"내 친위대가……? 나는 그런 명령을 결단코 내린 적이 없다. 그 시간에 친위대는 대부분 내 곁을 지키고 있었을 터인데?"

하지만 이야기의 흐름은 어느 정도 사실대로 흘러가고 있었다.

이 대화가 계속되면 '나'라는 존재가 부각되는 건 순식간일 것이다.

그다지 좋은 흐름은 아니었다.

"그 시간에 따로 움직인 까마귀가 있느냐?"

퀸 엘라리뇨가 분노한 음성으로 까마귀들을 향해 말했다. 그러자 가장 선두에 선 까마귀 하나가 답했다.

"상황을 살피러 간 세 명과 비번이었던 두 명, 그리고 새롭게 들어온 '그'가 있습니다."

"지금 이 자리에 그 여섯 명이 전부 있느냐?"

"오크와의 전쟁 도중 죽은 까마귀들을 제외하면 두 명이 없습니다."

"누구지?"

"비번이었던 까마귀 하나와 '그'입니다."

엘라리뇨가 쌍심지를 치켜든 채 까마귀들을 살폈다. 까마귀의 외형을 한 투구를 쓰고 있는 탓에 구분이 쉽지는 않았으나 엘라리뇨는 곧잘 구분을 해내었다.

그리고 둘이 없는 걸 확인했을 것이다.

그중 하나는 나였다.

나는 이미 인간 진영 속에 섞여 있었다.

대충 투구 하나만 착용한 채로.

"어디로 간 건지 아느냐?"

"비번이었던 엘프는 오크와의 전쟁 중 큰 부상을 입어 치료를 받고 있으며…… '그'는 사라졌습니다."

"사라졌다?"

엘라리뇨의 표정이 모호하게 변했다. 사라진 자를 의심하는 건 당연한 일이다. 하지만 표정에서 보아하니 믿고 싶어하지 않는 듯했다.

그를 지켜보던 하이엘프 오르모아가 입을 열었다.

"무엇을 하고 있는 거죠? 또 어떤 변명거리를 만들고 있는 건가요?"

"네가 보았다던 게 정말 까마귀가 맞나?"

"예, 제가 그 정도도 구분하지 못할 것 같나요? 그는 오크들을 대동하고 엘프들을 세뇌했죠. 그리고 어두운 굴속에 오크들과 함께 저를 가둬놨어요. 인간 유서희가 아니었다면 아마도 그곳에서 죽었겠죠."

그제야 엘라리뇨도 '이상'을 느꼈지만, 이미 늦었다.

"무언가 오해가 있는 것 같군. 우리가 오크들을 공격한 건 네가 오크에 의해 납치당했다는 게 밝혀진 직후다."

"그대는 항상 피를 보길 바랐으니까요. 우리에게 우호적이었던 거인족을 죽이면서까지."

간수장을 말하는 것이다.

엘프와 다크엘프들은 오크의 침략에 이성을 잃었고, 피해를 감수하면서까지 간수장을 처리했다. 분명히 말로 풀어갈 구석이 있었음에도.

오르모아가 잔뜩 표정을 굳힌 채로 말했다.

"동족들이여, 더 이상 피를 보는 걸 금합니다. 그럼에도 싸우겠다면 저 오르모아의 이름으로 막아서겠습니다."

오르모아가 앞으로 나섰다.

그러자 웅성대던 엘프들이 하나둘 진영을 이탈하며 오르모아 근처로 모이기 시작했다.

이어 모든 엘프가 이탈했다.

오천에 달하던 엘프 진영의 숫자가 절반으로 줄어들었다.

"우리 엘프들은 인간 진영에 합류하도록 하죠. 퀸 엘라리뇨, 그대가 인간 진영과 전쟁을 벌이겠다면 저와도 싸워야

할 거예요."

"지금…… 뭘 하자는 거지?"

"더 이상 무의미한 싸움을 멈추자는 겁니다. 그러고 보니…… 오크와 손을 잡았던 드워프가 이번엔 그대에게 붙었나 보군요?"

의심을 키운 데에는 드워프들도 한몫했다.

분명히 오크들과 드워프가 연합을 했는데, 지금은 왜인지 다크엘프들과 함께하고 있는 것이다. 전후 사정을 제대로 모르는 오르모아가 착각하기 딱 좋은 환경이었다.

상황이 이렇게 되자 드워프들도 눈치를 보기 시작했다.

이가 빠지고 약해진 사자는 더 이상 눈치를 봐야 할 대상이 아니었으므로.

"이 이상은 나와 이야기하도록 하지."

그때, 한 남자가 나섰다.

아포칼립스 길드의 길드 마스터.

파란색 팔라딘의 망토를 휘날리며 앞으로 나선 것이다.

적절한 타이밍이었다.

"인간 진영의 대표 김민식이라고 한다. 우리 역시도 쓸데없는 피를 보긴 원하지 않는다. 물론 싸우겠다면 무기를 드는 걸 주저하지 않을 것이다."

민식이가 좌중을 훑었다.

이미 계산이 끝난 것이다.

엘프가 합류한 이상, 다크엘프와 드워프들은 충분히 상대가 가능하다고. 만이천의 수감자도 되찾았으니 꿀릴 게 없었다.

"하지만 우리는 인도적이다. 그대들이 들어오겠다면 마땅한 대우를 약속하지. 우리가 바라는 건 오로지 깃발뿐이다."

"말도 안 되는 소리! 결국 승리를 위한 수작이란 말이렷다!"

엘라리뇨가 아니다. 드워프 쪽에서 소리가 나왔다.

드워프 킹 골고르. 그가 허겁지겁 나선 것이다.

4개의 깃발을 다크엘프에게 맡긴 상황이니, 여기서 그들마저 숙였다간 그대로 '경합 종료'가 되어도 이상할 게 없었다.

다크엘프는 내가 가져간 3개를 제외하면 이미 11개의 깃발을 보유하고 있다. 인간 진영과 합쳐지는 순간 수인족이 뭘 하든 상관없이 경합이 끝나 버린다.

드워프 킹 골고르가 퀸 엘라리뇨를 노려봤다. 순순히 깃발을 내어주면 결코 용서하지 않겠다는 듯.

그러자 민식이는 쐐기를 박았다.

"물론 승리자의 보상을 독식하겠다는 뜻은 아니다. 대신 '지혜의 나무'를 선물하지. 애당초 지혜의 나무를 얻고자 경합에 참여한 거 아니었나?"

퀸 엘라리뇨의 눈에 경련이 일었다.

반쯤은 피곤하다는 기색도 있었다. 내가 없어지고, 오르모아의 의심에 따라 엘프 진영의 절반이 사라진 것이다. 피곤할 만도 했다.

"너를…… 어떻게 믿지?"

"우리는 진정한 '결합'을 생각하고 있기 때문이다. '지혜의 나무'가 정말로 세계를 잇는 통로 역할을 한다면, 우리의 땅에도 나무를 심어 서로가 '교류'하길 바란다."

이 대목에선 나도 조금 놀랐다.

오르모아에게서 정보를 빼 오고, 유서희가 그 정보로 말미암아 이번 계획의 토대를 세우긴 했지만, 그것을 듣고 녀석이 거기까지 생각하고 있을 줄은 몰랐다.

몇 번 녀석의 선택이 답답한 적도 있었지만 아주 생각이 없는 건 아닌 듯했다.

"지혜의 나무로 세계를 오갈 수 있는 건 세계수의 선택을 받은 몇몇뿐이다. 교류는……."

"할 수 있다. 우리 인간들이 있는 세계는 이미 여러 세계와 연결이 되어 있으니."

그럴싸한 추론이었다.

나도 그 경우를 생각하지 않은 건 아니다. 그러나 확신이 없었다.

이미 지구는 여러 세계의 각축장이 되기 직전이었고, 균열이 벌어진 상태였다. 약간의 자극만 더해주면 충분히 서로를 잇는 게 불가능하진 않다고 보긴 했다.

그런데 민식이는 나름의 확신을 가지고 말하고 있었다.

"오르모아, 네가 바란 게 이런 건가?"

엘라리뇨가 묻자 오르모아가 고개를 끄덕였다.

"피를 보지 않고도 서로가 서로의 공통된 목적을 달성할 수 있어요. 우리는 잃어버린 지혜의 나무를 얻고 거기에 공존의 길까지 열렸죠. 우리의 힘만으로는 '침략자'들을 어찌할 수 없다는 걸 그대도 알고 있지 않나요?"

"개소리다! 간사한 인간들을 어떻게 믿을 수 있단 말이냐!"

드워프 킹 골고르가 얼굴을 빨갛게 물들이며 열변을 토했다.

그러나 엘라리뇨가 그를 바라보는 눈빛은 싸늘하기 그지없었다.

"……간사한 드워프들보단 낫겠지."

사실상의 합류 선언이었다.

그녀 역시도 오르모아가 인간들이 힘을 합치면 자신들이 이길 수 없다는 걸 알고 있는 듯했다.

이윽고 다크엘프들이 물러나며 드워프들과 간격을 벌렸다.

엘프와 인간들이 힘을 합치면 드워프들은 그야말로 닭 쫓던 개 지붕 쳐다보는 신세가 된다.

'최상의 결과로군.'

이로써 인간 진영은 15개가 넘는 깃발을 소유하게 되었다.

드워프들은 엘프 진영에 4개의 깃발을 헌납해선 안 됐다.

박쥐 짓을 하다가 제대로 삽질을 한 셈이다.

나는 그들의 뒤에서, 슬쩍 미소를 지어 보였다.

[인간 진영이 16개의 깃발을 보유했습니다.]

[모든 경합이 종료되었습니다.]

[인간 진영에 속한 모든 인간에게 '10,000pt'가 주어집니다.]

[경합 내용에 따라 추가 보상이 주어집니다.]

[87,000pt를 추가로 획득했습니다.]

[깃발이 '검은 파편'으로 변환됩니다.]

['만물 상점'으로 이동합니다.]

경합이 종료되자, 다시금 전이가 시작됐다.

세상이 무너지고 그 대신 거대한 도서관이 나타났다.

[397,432p를 보유하고 있습니다.]

[19개의 검은 파편을 보유하고 있습니다.]

주변을 둘러봤지만 나 외엔 아무도 없었다.

또 다른 관리자가 있을 줄 알았건만.

다만, 수많은 '잔상'이 보였다.

투명한 형체의 온갖 종족이 도서관을 돌아다니고 있었다.

'아카식 레코드의 영향인가?'

이곳은 분리된 장소다. 수많은 도서관이 존재하고, 한 도서관당 하나의 생명체만 입장하는 게 허락된 것이다.

본래라면 서로가 서로를 인지조차 할 수 없어야 한다.

그러나 내게는 아주 희미한 잔상이 보였다.

아마도 아카식 레코드의 영향이겠지.

끝이 보이지 않을 정도로 거대한 도서관엔 온갖 책이 있었는데, 하얀색과 파란색 그리고 황금색으로 나누어져 있었다.

하얀색의 책을 펼치자 단 세 줄만이 적혀있었다.

〈황야의 검〉

〈수량: 499개〉

〈10,000pt 필요〉

〈집사 소악마〉

〈수량: 99개〉

〈10,000pt 필요〉

혹시 몰라 다른 책도 펼쳐 봤지만 마찬가지였다.

아무런 정보도 주지 않고 이 세 줄이 전부였다.

누군가가 벌써 한 개씩을 구매한 걸까?

이번엔 파란색 책을 살펴보았다.

〈무작위 마검〉

〈수량: 50개〉

〈50,000pt 필요〉

〈무작위 성갑〉

〈수량: 50개〉

〈50,000pt 필요〉

무작위?

이름일 리는 없고, 정말로 '무작위'로 마검이나 성갑 등이 선택된다는 뜻인 것 같았다. 꽝일 수도 있고 성공일 수도 있다는 뜻인데…….

파란색 책은 거의 다 도박이었다.

턱을 쓸며 이번엔 황금색 책이 비치된 장소로 이동했다.

〈파편의 소유자만이 책을 펼칠 수 있습니다〉

〈19개의 파편을 소유하고 있습니다. 권한이 충분합니다.〉

〈수라의 잔〉

〈수량: 3개〉

〈검은 파편 2개 필요〉

가장 먼저 펼친 책에 적힌 내용이 이것이었다.

수라의 잔!

'허.'

놀랄 수밖에 없었다.

그도 그럴게, 수라의 잔은 과거 거대한 재앙을 불러왔던 보구다.

엘더 리치가 현자의 돌을 만들고자 중국 전역에 마법진을 설치했고, 그 '매체'로 쓴 것이 바로 이 수라의 잔이었다.

무한한 생명력을 담을 수 있는 잔!

끔찍하기 짝이 없는 이 물건이 여기 있을 줄이야.

'여기서 구한 건 아니겠지만, 놀랍군.'

급히 다른 황금색의 책들을 살펴보았다.

그리고 감탄했다.

하나같이 입이 안 벌어지는 것이 없었다.

또한 파란색 책까지는 포인트로 살 수 있었지만, 소수의 황금색 책은 오로지 '검은 파편'으로만 구매할 수 있었다.

〈지혜의 나무〉

〈수량: 5개〉

〈검은 파편 3개 필요〉

엘프들이 구하려고 했던 지혜의 나무다.

나는 턱을 쓸다가 갑자기 느껴지는 기척에 고개를 돌렸다.

희미한 잔상이 나를 지나쳐 한 책을 열심히 살펴보고 있었다.

'민식이로구나.'

녀석은 나를 인지하지 못하고 있지만, 나는 미약하게나마 인지할 수 있었다.

마찬가지로 나도 같은 책을 펼쳐 보았다.

〈7대 주선, 인내〉

〈수량: 1개〉

〈검은 파편 12개 필요〉

그리고 눈을 크게 떴다.

7대 주선, 인내!

싱크홀에 입장한 것 자체가 이것을 구하기 위함이 아니었던가.

아마도 민식이도 구매할지 말지 고민하고 있는 것일 터였다.

모든 깃발이 검은 파편으로 변환되었다면, 아마도 유서희와 녀석이 나눠 가졌을 가능성이 높았다.

어떠한 형식으로 분배가 되었을진 모르겠지만 인간 대표라는 입장과 마지막의 통합을 이끄는 역할을 했으니 상당수는 민식이 녀석에게 할당이 되었을 것이다.

어찌 됐건 행동으로 보이는 것이 제일 중요했으므로.

또한 1차 경합에서도 검은 파편 몇 개를 구했을 터.

12개는 충분히 있을 수도 있었다.

쿵!

그때, 책 한 권이 내 옆으로 떨어졌다.

의아함에 고개를 돌리자 내가 손을 대지 않아도 책이 펼쳐져 있었다.

자연스럽게 책의 내용을 읽었고.

〈7대 죄악, 폭식〉

〈수량: 1개〉

〈검은 파편 12개 필요〉

"……!!"

나는 무언가에 홀린 듯 책에 적힌 내용만을 바라보게 되었다.

7대 죄악!

7대 주선과 완전히 반대되는 내용의 이름.

과거 몇 개의 7대 주선이 나타난 적은 있지만, 7대 죄악이라 이름 붙은 것은 단언컨대 없었다.

교만, 시기, 분노, 나태, 탐욕, 폭식, 색욕.

이 일곱 가지가 죄악이라 분류되는 것들이었다. 정확히 알고 있는 이유는, 7대 주선의 모티브가 7대 죄악이었기 때문이다.

죄악이 나오고 그 반대 개념으로 주선이 나왔기에 어째서 죄악의 이름을 가진 것들이 등장하지 않았는지에 대하여 의아함을 품고 있었다.

한데…… 있다.

있었다. 바로 이곳에.

그뿐만이 아니었다.

'검은 야차의 인이 반응하고 있다.'

귀가 파열할 것 같이 뜨거웠다. 검은 야차의 인이 빛을 뿜어내며 책에 호응하듯 반응하고 있었다. 드디어 짝을 찾았다는 듯.

검은 야차의 인(印)은 나찰산에서 얻은 것이다. 다른 야차의 보석과 쉐도우 카임의 핵이 뒤섞인 그것을 아귀를 죽인 뒤 획득하자 이 인이 생겨났다.

야차들의 싸움에서 승리할 시 그들의 능력치를 극소량 빼앗아 오는 기능을 하고 있었는데, 설마 여기서 반응할 줄이야.

나는 천천히 책을 들었다.

부르르!

동시에 전신에서 알 수 없는 소름이 돋아왔다.

전율이라고 할 수도 있을 것이다. 그래, 나는 분명히 전율을 느끼고 있었다.

이런 감각은 처음이었다. 내 신체가, 영혼이 떨리고 있었다.

왜일까? 왜 이런 기분이 드는 걸까?

'나만의 감정이 아니다.'

본능적으로 깨달았다.

이 느낌은 오한성으로서의 나만이 아니라 우리엘 디아블

로, 그도 함께 느끼고 있는 것이라고!

데몬로드인 그가 죄악에 반응하여 격렬하게 갈구하고 있었다.

7대 주선의 책 앞에선 아무런 반응도 없었건만.

이곳에 있는 모든 것 중에서 오로지 이것만을 원하는 것이다.

나는 고민했다. 주선과 죄악. 둘 중 하나만을 선택할 수 있었다. 둘 모두 세상에 나온 적은 없으나 주선인 '인내'의 경우엔 대략적으로나마 능력의 짐작이 가능했다.

'최상급의 빛의 정령.'

세상에 등장한 모든 주선이 그 이름과 같은 최상급의 정령을 대동하고 있었다. 최상급의 정령은 능히 8Lv 이상의 능력을 발휘했으며, 사용자에 따라서 이적을 보여주기도 하였다.

그렇다면 죄악은 어둠의 정령을 안에 품고 있을 것인가.

'검은 파편은 우주의 지식이다. 고대의 지식을 사용해 지고의 물건들을 살 수 있는 셈이다. 위대한 정신이 바라는 건 그럼 바로 그 지식인가?'

이런 고민도 됐다.

이 경합을 연 배후에 '위대한 정신'이 있는 건 확인했다.

천계. 천족들의 땅에서 벌어지는 일인 것이다. 어쩌면 위대한 정신이 만든 이곳을 다른 천족들이 지켜보고 있을 수도 있는 노릇이었다.

또한 그것 때문에 주선을 들기가 애매하다.

'7대 주선은 천계의 힘이다. 천계를 믿을 수가 없다.'

반대로 죄악의 경우 이미 나 자체가 데몬로드였다. 나와 동화된 우리엘 디아블로의 영혼이 극렬하게 이것을 바라고 있었다.

그가 바라는 건 라이라 디아블로, 자신의 딸이 계속해서 생존하는 것이다. 그 열쇠를 쥐고 있는 나에게 해를 끼칠 리는 만무했다.

기회는 한 번뿐이었다. 이곳을 나가면 다시 돌아올 수 있을지조차 모른다.

고민은 길지 않았다.

내게 주어진 힘이 반응하고 있다. 검은 야차의 인, 그리고 우리엘 디아블로. 그 둘과의 시너지를 일으킬 수 있다면 이보다 더 좋은 결과는 없었다.

크게 심호흡을 하고, 책의 중심에 십(十)자 인을 그렸다.

그러자.

[12개의 검은 파편을 사용했습니다.]

['7대 죄악, 폭식' 을 구매했습니다.]

후아아아!

책에서 검은 아지랑이가 순식간에 튀어나와 주변을 감쌌다. 이어 책이 분열하듯 갈기갈기 찢겨 나가며 검은색의 연기 속으로 빨려 들어갔다.

내가 가진 12개의 검은 파편 역시 마찬가지였다.

이윽고 그것들이 검은 안개 속에서 마구 흔들리고 합쳐지며 하나의 형상을 만들기 시작했다.

'장갑.'

장갑이었다.

검은 야차의 인과 같은 것이 손등에 새겨져 있고, 그 외엔 그저 까맣기만 한, 가죽과 비슷한 재질의 장갑이 완성되었다.

나는 천천히 '심안'을 열었다.

<폭식(value-360,000)>

● 체력+7

● 모든 '포식류'의 기능이 한 단계 올라간다.(현재 적용되는 대상: 검은 야차의 인, 탐식의 권능)

● 사용자의 '지능'에 따라 스킬과 존재를 '포식'하고 그대로 뱉어낼 수 있다(66×1.2=79.2 이하의 마력으로 사용되는 모든 스킬, 능력치 종합 66×6=396 이하의 모든 존재). 하지만 24시간이 지나면 소화가 시

작되어 48시간이 지나면 사라진다.

● 자신보다 강한 적을 소화시킬 때, 일정량의 잠재력을 획득한다.

● 7대 죄악은 모으면 모을수록 강해진다.

-3세트 효과: ???(잠김)

-5세트 효과: ???(잠김)

-7세트 효과: ???(잠김)

『가장 추악한 7개의 죄악 중 폭식. 스스로 절제하지 못하고 그저 먹어치우는 이 죄악은 강력한 구원의 힘이 될 수도, 자멸의 길을 걷게 할 수도 있는 저주받은 성물 그 자체다. 모든 죄악이 모이면 '종말의 별'이 떠오른다고 전해진다.』

눈앞이 아찔해질 정도의 능력이었다.

단순한 가치는 360,000으로 책정이 되어 있으나 적어도 나에게 있어선 그 이상의 값어치를 하는 물건임이 분명했다.

'……물건이군.'

승천자의 망토도 좋지만, 폭식도 그에 못지않다.

검은 야차의 인, 그리고 탐식의 권능이 가지는 기능이 더욱 좋아지게 만드는 것뿐만이 아니라 스킬을 먹어치우고 그대로 뱉어내 상대를 당황시키는 것 역시 가능하다는 소리다.

1.2배율이면 S랭크의 스킬이 가지는 배율이다. 하물며 그 배율만큼의 스킬을 먹어치우는 것이니 S랭크 이상이라 해야

할 터였다.

지능을 올려야 하는 이유가 생겼다.

게다가 잠재력의 획득.

'500 이상의 잠재력을 얻을 수 있다는 말인가?'

꿀꺽!

목울대가 크게 울렸다.

물론 나보다 강한 대상을 수없이 죽이고 소화해야 할 테지만 가능성을 얻었다는 것 자체가 놀라운 일이었다.

천하의 데몬로드, 우리엘 디아블로조차 잠재력의 한계는 500이었다. 이 폭식을 사용하여 그 이상으로 끌어올릴 수 있다면 어디까지 강해질 수 있을지 상상조차 힘들었다.

폭식 하나가 이럴진대 다른 것들은 어떨까?

모을수록 강해진다면, 7개 전부를 모으면 정말 신이 될지도 모르겠다.

오른손에 폭식의 장갑을 꼈다.

추르르르르륵!

그러자 오른손이 아려왔다. 인상을 찌푸렸다. 살이 찢기고 핏줄에 무언가가 닿았다. 이내 오른손 전체에 핏줄이 거세게 일어나며 근육이 마구 확장하고 수축되길 반복했다.

"으음……!"

그 고통은 상상을 초월했다.

나도 모르게 침음을 흘리며 남은 왼손으로 오른손을 부여잡았다.

식은땀이 줄줄 나고 그대로 한쪽 무릎을 꿇으며 이를 바드득 갈았다.

'빠지지 않는다.'

급히 장갑을 빼내려 했지만 꿈쩍도 하지 않았다.

방법은 오른손을 절단하는 수밖에 없었다. 하지만 이 여파가 오른손 이상으로는 미치지 않았기에 나는 최대한의 인내심을 발휘해 입술을 꽉 깨물었다.

그렇게 몇 분이 지나자 천천히 오른손이 안정되어 갔다.

"후욱! 후우우!"

거칠게 숨을 내쉬며 이마에 흐르는 땀을 훔쳤다.

길지 않은 고통이었으나 영겁과 같게 느껴지는 시간이었다.

그리고 그와 동시에.

꼬르르르르르륵!

나는 고개를 숙여 배를 바라봤다.

배가 미친 듯이 고파왔다.

식욕이 올랐고, 그 허기는 감히 살면서 느껴본 그 어떤 때보다 강렬하기 그지없었다.

3일? 아니, 한 7일쯤 굶은 것 같았다.

'죄악…… 답군.'

폭식의 이름을 가진 장갑답게 허기를 유도시키는 능력이 있는 모양이었다. 배에서 계속 천둥이 치듯 꼬르륵 소리가 들려왔지만 애써 무시했다.

한번 이성을 잃었다간 주체하지 못할 것 같았다.

'남은 파편은 7개.'

7개면 어지간한 건 살 수 있었다. 수라의 잔, 지혜의 나무, 그보다 더 엄청난 것들을.

이왕지사 죄악을 구매했으니 남은 파편도 모조리 쓰겠다고 마음을 먹었다. 배후를 알아냈고, 이 장소가 '위대한 정신'이 만든 곳이라면 무슨 이유로 파편을 모으든 상관없었다. 어차피 '위대한 별'은 내가 처치할 생각이었기에.

'녀석은 뭘 하는 거지?'

그러다가 아직도 7대 주선 중 인내의 책을 부여잡고 있는 민식이의 실루엣을 보았다. 희미하기 짝이 없는 잔상이나 녀석은 굉장히 골몰하고 있었다.

나는 주변에서 구매할 것들을 찾아보며 간간이 민식이 쪽으로 시선을 던졌다.

하지만 녀석은 움직일 기색이 없어 보였다.

'12개가 없는 건가?'

그건 아닌 것 같았다.

없다면 애당초 저렇게 고민을 하지도 않을 테니까.

녀석은 나를 인식하지 못하지만, 나는 녀석을 인식하는 중이었다. 그렇게 장장 하루가 넘도록 꿈쩍도 안 한 채 '인내'의 책만 부여잡고 있던 민식이가 고개를 젓고는 책을 다시 서고에 집어넣었다.

그 눈빛은 분명한 '아쉬움'을 담고 있었다.

이어, 포인트로 '무작위 성갑' 하나와 검은 파편을 이용해 '지혜의 나무' 두 그루를 사고 남은 것으로 '지배의 목줄'과 '광란의 신발'을 사더니 홀연히 도서관을 벗어나 버렸다.

더 이상 미련을 두지 않겠다는 듯이.

저것들을 다 합치면 검은 파편이 정확히 12개가 소모된다.

12개는 가지고 있었다는 뜻이다.

하지만, 인내를 사버리면 엘프들과의 약속을 깨야 한다. 거기서 장장 하루를 고민하고 있었던 게 분명했다.

왜 모르겠는가. 나였어도 그랬을 것이다.

'양심과 욕심 사이에서의 갈등. 나라도 같았을 것이다.'

그래서 나는 영웅의 길을 버렸다. 오로지 양심을 우선시해야 하는 자리가 바로 그 자리이기 때문에.

미소를 지었다.

녀석이 영웅의 길을 걷고자 한다면 올바른 선택을 한 것이다.

만약 약속을 저버리고 7대 주선을 선택했다면 적잖이 실망했을 것이었다. 인내를 놓친 건 많이 아쉽지만 한번 버려진 신뢰는 다시 복구하기가 거의 불가능하기 때문이다.

고개를 끄덕인 채로 다시 주변을 둘러봤다.

남은 파편을 사용해 최대한의 욕심을 봐야 했다.

도서관을 나서자 대기방이었다.

우주의 형상을 띠고 있는 그곳의 반대편에 거대한 문이 있었는데, 저곳이 출구였다.

이미 수많은 사람과 온갖 종족이 대기하고 있었다.

엘프들은 민식이를 기다리는 기색이었다.

나는 출구로 발을 옮겼다.

그러자 들어갔던 싱크홀의 바깥으로 이동되었다.

사람이 없는 곳을 골라 들어갔기 때문에 주변은 조용했다.

'일단 집으로 가자.'

집에 도착하자마자 TV를 켰다.

실시간으로 아포칼립스 길드가 들어갔던 거대 싱크홀의 모습이 온갖 뉴스에서 생중계되는 중이었다.

마침내 아포칼립스 길드가 모습을 드러내자 주변의 사람

들이 환호를 내질렀다. 박수를 치고, 환영의 의사를 밝혔다.

민식이는 그 중심에서 손을 흔들며 방긋 웃었다.

세상을 다 가진 표정이다.

그 모습을 확인하곤 TV를 껐다. 그리고 즉각 냉장고를 열어, 무아지경에 빠진 상태로 다 먹어치운 다음 그대로 침대에 들어가 잠이 들었다.

이 일련의 행동들은 거의 본능적이었다. 폭식의 장갑을 착용한 뒤로부터 끊임없이 찾아오는 이 허기를 참기가 어려웠다.

띵- 동!

그리고 저녁이 되자, 누군가가 집으로 찾아왔다.

눈을 비비며 자리에서 일어났다.

'그대로 잠들었군.'

주섬주섬 갑옷과 투구를 벗고 공간의 보석 안에 집어넣었다.

띵- 동! 띵- 동!

"예. 나갑니다, 나가."

계속해서 벨소리가 울렸다. 나는 머리를 긁적이며 현관문을 열었다.

"어? 네가 왜 여기 있어?"

"놀랐지? 후후, 그냥 갑자기 네가 생각나서."

민식이였다.

녀석이 품에 무언가를 잔뜩 들고 찾아왔다.

척 보기에도 비싸 보이는 고급 햄, 그리고 고급 술.

얼굴을 보아하니 조금 취해 있는 것 같았다. 싱크홀에서 벗어난 당일이라 엄청 바빴을 것임에도 시간을 내서 굳이 찾아온 것이다.

이어, 민식이는 나를 정면으로 보곤 씽긋 웃더니 술병을 흔들며 말했다.

"한잔하자."

31장
마계 옥션

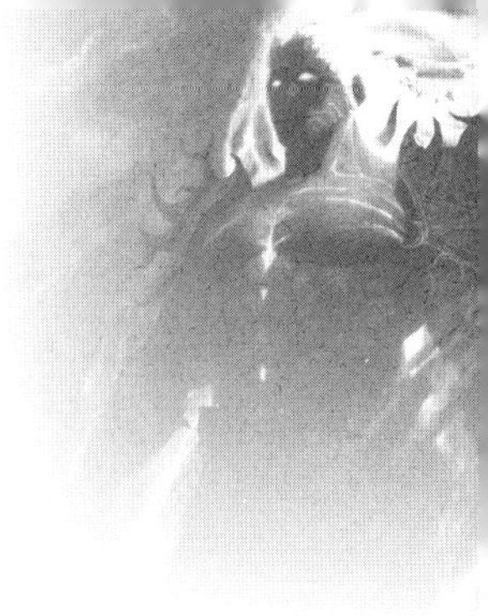

곰곰이 생각해 보면 민식이와 술을 마시는 건 처음이었다.

우리는 어렸을 때 만났고 고등학교를 졸업하기도 전에 헤어졌으며, 후에 만났을 땐 이미 세상이 망가진 와중이었다. 그리고 민식이는 신흥종교 알레테이아에 귀의해 시간의 신 크로노스를 모시며 이단자가 되었다.

중간중간 몇 차례 만나긴 했으나, 그다지 좋은 일로 만난 것은 아니다.

'주로 토벌이었지.'

나는 알레테이아를 토벌하는 입장이었다. 그들의 광신도적 믿음은 인류에게 분명히 해악한 것이었으니까. 괴물을 길러 사람들을 습격하는 자들을 그저 지켜만 보고 있을 순 없는 노릇 아니겠나.

그중엔 민식이도 있었다. 녀석은 이렇게밖에 될 수 없었던 현실에 좌절하고 절망하며 그래도 살아보겠다고 발악을 했다.

그땐 우리 둘 다 여유가 없었다.

서로가 가는 길이 너무나도 달랐고 양립할 수 없는 구조였다.

하지만 지금은, 분명히 그때와는 달랐다.

"이게 무슨 햄인지 알아?"

소파에 걸터앉은 민식이가 자기 몸통만 한 햄을 식탁 위에 내려놓곤 물었다.

"뭔데?"

"하몽! 이거 하나에 250만 원이야. 엄청나지?"

"이런 햄 하나가 250만 원이나 한다고?"

"이 정도로 놀라면 곤란해. 이 위스키 한 병이면 이거 열 개는 사거든."

호호호, 하고 웃는 민식이의 눈을 따라 술병을 바라봤다.

글렌피딕. 나도 몇 번 마셔본 적 있는 놈이다.

"술은 뭔데?"

"글렌피딕 1937! 무려 세계 3대 위스키 중 하나 아니겠냐, 글렌피딕이. 이것도 선물로 받았다."

"한국 최고 길드의 길드 마스터답네."

"됐어, 쑥스럽게. 그냥 자랑 좀 하고 싶었어."

민식이 녀석이 머리를 긁적였다.

아마도 싱크홀의 경합들을 무사히 완료하고 돌아온 것에 대한 관심의 정도가 이 선물로 나타나고 있는 것일 터였다.

술과 하몽은 빙산의 일각이겠지. 아포칼립스 길드의 행보는 세계의 주목을 받고 있었고, 이번 싱크홀로 인해 고위인사들이 대거 찾아왔을 것은 자명했다.

그럼에도 뿌리치고 내게 온 것이다.

"오늘 뉴스 봤어. 무사하게 성공했다며?"

"무사는 무슨. 오천 명이나 죽었는데……."

"그래도 너 아니었으면 다 죽었을 거라던데?"

"길드원들이 뭘 알겠냐. 그냥 나 띄워주려고 그러는 거지. 내가 한 건 다 된 밥에 숟가락 얹은 것밖에 없어."

오늘따라 유난히 얌전하다.

솔직하다고 해야 할까?

"짠!"

잔에 술을 대충 담은 민식이가 꿀꺽꿀꺽 술을 마시기 시작했다.

순식간에 얼굴이 홍시처럼 달아올랐지만 녀석은 개의치 않았다.

'후, 환상적이군.'

나는 천천히 한 모금을 마시곤 자연스럽게 감탄사를 내뱉을 뻔했다.

이만한 술은 과거에도 거의 없었다. 그나마 저장된 것들은 사치품으로 분류됐고 세간의 눈을 의식해서 거의 마시지도 못했다.

혓바닥을 굴리며 잠시 풍미를 느끼다가 애써 인상을 구겨 보았다.

"쓰네."

"크흐흐! 그러고 보니 너 술 처음 마시는 건가? 처음부터 이런 술이면 다른 술은 입에 안 맞겠는데?"

"친구가 잘나가니까 이런 술도 얻어 마셔보고, 횡재지 뭐."

"그치. 잘나가지. 잘나가야 하지……."

말을 곱씹으며 녀석의 표정이 조금 더 진중해졌다.

벌컥! 벌컥!

그러곤 물처럼 술을 부어대고 마셔대길 반복했다.

한 병이 눈 깜빡할 사이에 동이 나버렸다. 전부 녀석이 마신 것이다.

"크으! 취한다."

"너무 빨리 마시는 거 아니야?"

"됐어. 원래 술은 이렇게 마시는 거야. 취하지 않을 거면 뭐하러 술을 마셔?"

"틀린 말은 아니네."

피식 웃자 민식이가 대뜸 자리에서 일어나 내 옆에 벌러덩 눕듯이 앉았다.

"오늘 정말 내가 끝내주는 선택을 했거든. 인간의 욕심과 내 위치에서의 신뢰에 관해서 말이야."

7대 주선, 인내를 두고 구매를 할지 말지 한참을 고민하던 그것을 말하는 모양이었다. 녀석은 결국 신뢰를 택했다.

"욕심과 신뢰라. 어려운 문젠데?"

"이렇게까지 어려울 줄은 몰랐어. 넌…… 넌 어떻게 그게 가능했던 거야?"

"무슨 소리야? 나 완전 욕심쟁이잖아."

"아냐, 넌…… 내가 기억하는 너는……."

"취했냐?"

민식이 도리질을 쳤다.

그러더니 헤실헤실 웃어 보였다.

"하여간 넌 아주 멋있는 놈이야, 한성아."

"아포칼립스 길드의 길드 마스터께서 그러시니 매우 송구하다."

"발음이 국어책 읽기인데?"

그러곤 서로 껄껄거리며 웃었다.

오랜만에 느껴지는 여유였다. 녀석도 이전까지 보였던 가면을, 지금에 와서는 한 겹 벗어낸 느낌이 들었다.

"한성아, 내 길드 들어올래?"

뜬금없는 제안이었다.

물론 한 번쯤 제의를 해오겠거니 하고 생각은 하고 있었지만 그 시기가 지금일 거라곤 상상도 못 한 일.

"길드? 길드는 갑자기 왜?"

"북한산에서 그 일이 있고, 한동안 못 만났잖아."

"너야 바빴으니까."

"그 시간 동안 생각해 봤어. 너를 이대로 썩혀두는 건 정말 재능 낭비라고."

"됐어, 신경 쓸 필요 없어."

고개를 저으며 말하자 녀석이 대뜸 내 양쪽 어깨를 붙잡았다.

"토는 화장실 가서 해줄래?"

"그냥…… 북한산에 오를 때와 달리 지금이라면 나름 기반이 갖춰졌어. 너 하나 키울 여력은 돼. 내가 널 스타로 만들어줄게. 너 김태희 좋아한다고 그랬지?"

"김태희 싫어하는 남자도 있냐?"

"그런 연예인이 트럭째로 너를 만나려고 줄을 설 거야. 상상만 해도 기쁘지?"

"허언은. 됐어, 생긴 대로 살란다."

크게 틀린 말은 아니었다.

나도 과거에는 수차례 스캔들이 났었다. 만난 적도 없는 연예인이 내 아이를 가졌다는 이야기를 들었을 땐 어안이 벙벙할 때도 있었지만.

그러자 민식이의 표정이 한없이 진지해졌다.

"네가 가진 재능은 대단한 거야. 그걸 썩히는 건 국가적, 세계적 손해라고."

"놀 몇 마리 테이밍한 게 뭔 세계적 손해까지 가?"

"그게 다가 아니야! 넌 하면 되는 놈이란 말이야. 나 같은 건 아무것도 아닐 정도로……."

"다른 길드원들이 들으면 날 죽이려고 하겠는걸."

"최강의 영웅 아르켄보다 난 너를 더 대단하다고 생각했어. 너는 항상…… 아닌 척하고 퉁명스럽지만, 그래도 우리 곁에 있으려고 했잖아……."

꺼내선 안 될 과거의 이야기가 민식이의 입을 통해 흘러나오고 있었다.

"많이 취한 거 같다."

"나 같은 겁쟁이가 도망갈 때도, 결국 너는 다시 나를 찾으러 와줬잖아. 모든 영웅이 죽어가고 회피하려 할 때도, 너는 마지막까지 검을 들었잖아. 구원을 바라는 손이 있으면 넌 항상 그 손을 놓지 않으려 애썼잖아. 세월이 흘러 너는 웃음을 잃었지만, 다른 사람들이 웃으면 되었다며 끝까지 겸손을 잃지 않았잖아. 웃진 않지만 다른 사람을 위해 울어줄 순 있는 그런 놈이었잖아, 너는……."

나는 잠시 굳어버릴 수밖에 없었다.

아니다. 녀석이 말하고 있는 나는 진정한 내가 아니다.

그저 피하지 못했을 뿐이었다. 검을 들어야 할 사람이 나밖에 없었을 뿐이었고. 벼랑 밑으로 떨어지는 사람의 손을 놓을 수 없었을 뿐이었다.

사람이라면 지극히 해야 할 당연한 일이었다. 나라서 그랬던 게 아니라.

"나도…… 그런 영웅이 되고 싶다……."

녀석은 그 당연한 '사람'이 되고 싶다고 말하고 있는 것이다.

쿠우우울! 쿠우울!

이내 침을 떨구며 녀석이 소파 위에 뻗어버렸다.

나는 가만히 녀석을 바라보다가 이불 하나를 꺼내와 위에 덮어주곤 바깥을 바라봤다.

주륵주륵 비가 내리고 있었다.

'민식아.'

솔직히 말해서 민식이는 착하다고 볼 수 없는 종류의 인간이다. 영웅이 되고 싶다고 했지만 계속해서 선택의 길에 서게 될 것이다.

하지만, 한 번씩 이렇게 바뀌려고 노력하는 모습을 끊임없이 보인다. 모든 이가 포기할 때 의외로 포기하지 않는 근성도 가지고 있었다.

내가 녀석을 끝끝내 놓지 못했던 이유다.

우리는 서로의 입장에서 발악하는 사이였고, 그 인연이 시간을 넘어 지금에 도달한 것이다.

'그래, 너는 영웅이 돼라. 난…… 음지의 사냥꾼이 될 터이니.'

주먹을, 불끈 쥐어 보였다.

다음 날.

자리에서 일어난 녀석은 두통에 머리를 긁으며 말했다.

"내가 어제 무슨 말 했어?"

정말 기억을 못 하는 건가?

별일 없었다고 하자 녀석은 라면이 먹고 싶다고 입을 열었다.

하는 수 없이 라면을 끓여주었고, 녀석은 기다렸다는 듯 식탁 위에서 젓가락을 놀렸다.

"라면엔 김치가 있어야 하는데."

"다 먹어서 없어."

"그래도 면발이 살아 있네."

별 의미 없는 이야기를 몇 마디 하다가, 슬쩍 시계를 본 민식이가 점심쯤이 되어 자리에서 일어났다.

"길드에서 나 찾으려고 난리가 났겠다."

"안 가도 돼?"

"슬슬 가야지. 아, 이거 받아."

"웬 신발이야?"

알지만 모른 척을 했다.

'광란의 신발…….'

검은 파편을 들여서 구매한 굉장히 값어치 있는 신발이었다.

녀석은 이것과 '지배의 목줄'을 산 바가 있었다.

"그냥. 네 생각나서 하나 샀어. 이거 신으면 빨리 도망갈 수 있다고 하니까, 위험할 때 잘 도망치라고."

"고마워, 잘 신을게."

"그럼 난 간다. 또 와도 되지?"

"이왕 올 거면 미리 연락은 주고 와라."

"알았어. 그럼 진짜 간다!"

손을 휙휙 저으며 녀석이 신발을 신고 현관을 벗어났다.

쿵! 소리와 함께 대문이 닫히자, 나는 손에 들린 '광란의 신발'을 바라보며 만감이 교차하는 표정을 지어 보였다.

'선물이라.'

자기가 신을 것을 구매한 줄 알았는데 이제 보니 선물이었다. 그것도 굉장히 유용한.

나도 잠시 구매를 할까 말까 망설이던 것이었는데 넝쿨째 들어온 것이다.

심안을 열고 나머지 기능들을 확인했다.

<광란의 신발+0(value-133,000)>

- 민첩+3
- 달리는 속도가 미약하게 증가한다.
- '보석' 류로 강화가 가능하다.

- +1~2 최하급 보석 필요.
- +3~4 하급 보석 필요.
- +5~6 중급 보석 필요.
- +7~8 상급 보석 필요.
- +9~ 최상급 보석 필요.

가치에 비해 별거 없어 보이는 기능이지만, 강화가 가능하다는 건 엄청난 이점이 있었다. 이처럼 간혹 '보석'을 사용해 강화가 가능한 것들이 매우 소수 존재했고, 강화를 거듭할수록 말도 안 되는 능력을 선보이곤 했던 것이다.

특히 처음부터 민첩을 3 올려주고 '광란'이라 이름이 붙었으니 강화를 진행할 때 더해지는 이점이 있을 것이 분명했다. 그저 보석을 박는 것보다 보석으로 강화가 되는 장비가 더욱 희귀했으니, 이 신발의 가치는 더 말할 필요가 없었다.

보석을 구하는 게 매우 어렵다는 단점이 있긴 했지만.

'방법이 없는 건 아니지.'

작게 미소 지었다.

나는 인간이기도 하지만, 데몬로드이기도 했다.

그리고 심연에서의 일도 척척 진행되는 중이었다.

당장 가장 중요한 일이라면…….

'마계 옥션.'

모든 데몬로드들이 참여하는 경매.

라이라 디아블로가 그 중요성에 대해 누누이 말을 하고 있었으며, 나로선 처음 참여하는 그 경매가 곧 열린다.

단번에 차이를 좁히고 역전을 할 수 있는 거의 유일한 기회!

결코 빼놓을 수 없는 거대한 이벤트였다. 그곳에서 보석도 구하고 더욱 값진 것들도 구매하여 일발 역전을 꾀한다.

그리고 다른 모든 데몬로드를 파악하고 선별하여 나눌 수 있는 몇 안 되는 기회이기도 하였다.

적을 파악하는 건 기본 중의 기본.

철저하게 살피고 또 살펴서, 놈들의 목을 조이리라.

지금의 나는 최후의 영웅이 아닌, 암야의 사냥꾼이었으므로!

강남 한복판에 생긴 싱크홀. 그 자리에 '지혜의 나무'를 심자 불과 하루 만에 1m 이상의 크기로 자라났다. 사람들은 실시간으로 그 성장 과정을 지켜봤으며, 마침내 삼 일째가 되던 날 지구와 엘프들의 세계가 '연결'되었다.

파란색의 '문'이 생겨나고 엘프들의 세계에 심은 지혜의 나무와 연결되어 서로가 왕복하는 것이 가능하게 된 것이다.

세계 최초로, 오로지 한국에서만 가능한 일이었다.

당연히 세계 각국의 기자들과 각성자들이 몰려왔음은 두말할 필요가 없다.

"엘프들을 도우면 특별한 직업을 얻거나 특별한 보상을 얻을 수 있다나 봐요."

손님 없는 카페 안. 딸기 스무디를 쪽쪽 빨며 유서희가 씽긋 웃었다. 바람의 노래 길드의 길드 마스터 신분이지만 지금 모든 스포트라이트를 민식이가 받고 있어서 그런지 감시는 덜한 편이었다.

그래도 제 딴에는 변장을 한답시고 머리를 양쪽으로 땋고, 별 모양의 패션 안경을 쓰긴 했지만, 귀여운 날라리 중학생 소녀 같은 인상은 어쩔 수가 없었다.

"저희 길드도 조만간 엘프들이 있는 곳으로 가기로 했거든요. 선생님은 안 가세요?"

"안 간다."

모든 시선이 집중되고 있는 그 장소를 내가 왜?

게다가 양심이 찔리는 구석도 있었다. 인간 진영의 승리를 위해서라지만 하이엘프 오르모아를 납치하고 퀸 엘라리뇨를 속인 건 분명히 나였기 때문이다.

어차피 인간과 엘프의 공존이 시작된 이상, 괜히 눈에 띄어 초를 칠 필요도 없었고.

–아포칼립스 길드의 길드 마스터가 오늘, 엘프와 다크엘프의 지도자와 화합의 자리를 가졌습니다. 서로에게 도움이 되는 방향으로 좋은 논의가 진행되었으며, 우선 서로 다른 종족끼리의 적응을 위하여 1차 선발대는 300명으로 제한을 두었습니다. 첫 선발대는 오로지 한국인만으로 구성될 예정이며…….

지금 한국은 완전 축제 분위기였다.

무려 엘프다. 흔히 영화나 판타지에 나오는 그런 종족 말이다. 완전히 같지는 않지만 틀린 말도 아니었다. 엘프와 다크엘프 모두 시원하고 훤칠하게 생겨서 미남 미녀가 많았다. '밭 가는 엘프'가 어지간한 연예인보다 나을 수도 있는 것이다.

게다가 그 스타트를 한국이 끊었다.

유서희가 별 모양 패션 안경을 손가락으로 들썩이며 미소를 지었다.

"사람들은 모를 거예요. 사실 저거 다 선생님이 한 건데."

"칭찬해도 뭐 안 나온다."

"저의 사랑이 나오니까 괜찮아요."

쪽!

유서희가 검지와 중지 손가락을 입술에 대고 나에게 하트를 날렸다.

나는 손을 휘휘 저어 그 하트가 내게 닿는 걸 미연에 방지했다.

"흥, 지금은 이래도 나중 가면 후회할 걸요? 제가 얼마나 인기가 많은데. 크면 더 어마 무시해질 거라고요."

매번 느끼는 거지만 유서희는 굉장히 밝은 성격이었다.

그래서 저돌적이고 적응이 빠르다. 아니었으면 나를 따라오기 힘들었을 것이다.

피식 웃으며 본론을 꺼냈다.

"'도서관'에서 뭘 샀지?"

"이거요."

주머니에서 살짝 빛이 나는 아이 주먹만 한 돌멩이 하나를 꺼냈다.

"이게 그냥 돌멩이처럼 보여도 사실은 날개거든요? 검은 파편을 8개나 주고 샀어요. 말 그대로 올인이었죠. 에헴."

자랑이다.

검은 파편 8개가 배분된 것도 엄청나긴 하지만, 그걸 전부 털어서 날개를 샀다는 말이었다. 7대 주선과 죄악이 12개의 검은 파편을 필요로 했으니 이 역시 평범한 물건은 아닐 것이다.

천천히 심안을 열었다.

<아우리엘의 깃털(value-230,000)>

- 민첩+4
- 희망의 대천사 아우리엘의 깃털.
- 24시간에 한 번 '날개 폼'으로 변형 가능.
- '날개 폼' 변형 시 아주 낮은 확률로 '천벌의 날개'로 진화.

고개를 끄덕였다. 민첩 4, 그리고 아무런 페널티 없이 공중을 날 수 있다는 이점은 확실히 대단한 것이었다.

'천벌의 날개'가 무엇인지는 모르겠지만 굉장히 양질의 물건이다. 물론 검은 파편 8개면 더 좋은 것이 있을 수도 있었겠지만, 나쁘진 않았다.

더불어 유서희의 성장도 확인했다.

이름: 유서희(value-222,000)

직업: 바람의 검사

능력치:

힘 41s 민첩 48(44+4)s 체력 39s

지능 44s 마력 31s

잠재력 (199/490)

착용 장비: 아우리엘의 깃털(민첩+4)

[전후비교]

힘 15 민첩 12 체력 5 지능 25 마력 15 잠재력(72/490)

힘 41 민첩 48 체력 39 지능 44 마력 31 잠재력(199/490)

처음 유서희를 봤을 때와 비교하면 하늘과 땅의 차이였다. 불과 두 달 사이의 변화라곤 쉬이 믿을 수 없는 변화. 그 허약하던 아이가 지금은 훨훨 날아다니고 있었다.

내가 한참을 바라보자 유서희가 천천히 눈을 감았다.

그러곤 천천히 얼굴을 내 방향으로 당기기 시작했다.

난 손을 뻗어 그런 유서희의 땋은 양쪽 머리를 잡고 얼굴에 둘러 버렸다.

"힝, 뭐하는 거예요."

"너야말로 뭐하는 거냐."

"그런 무드 아니었어요? 괜히 설렜네."

무슨 무드?

어깨를 으쓱하자 그와 동시에 입구 쪽에서 내게 향하는 목소리가 하나 있었다.

"어, 오한성?"

고개를 돌려 입구를 바라보자 교복에 야구 잠바를 입은 여학생 한 명이 나를 쳐다보는 중이었다. 주변에는 또래의 여학생도 많았다.

"양은하?"

양 아저씨네 딸. 그다지 좋은 인연이라고 할 수는 없다.

양 아저씨가 보험금을 타내기 위해 내게 접근했고 그 미끼로 양은하를 사용한 전례가 있어서다.

"카페도 다 오고, 이제는 좀 살 만한가 보네."

하지만 저번과 달라진 점이라면 말투였다.

그다지 이상한 일은 아니다. 저번의 상황을 제외하면 원래부터 양은하는 남자를 깔보는 경향이 있었다. 과거의 어렸던 나는 그런 양은하에게 코가 꿰여 말 그대로 '하인'이 되었다.

고등학교를 졸업하고 각성을 하며 양 아저씨네 집을 나오긴 했지만, 그사이의 1년은 굉장히 지옥과 같았던 기억이었다.

"은하야, 누구야?"

"웬 남자?"

양은하는 야구 잠바에 양손을 집어넣고 거만한 눈빛으로 나를 쳐다보는 중이었다.

확실히 남자들이 군침 흘릴 스타일이다. 어느 소속사인지는 기억이 안 나지만, 정식 아이돌 지망생이니 분명히 태가 다르긴 했다.

"이제 커피 한잔할 여유는 있나 봐?"

"그럭저럭."

하지만 과거는 과거고 현재는 현재다. 비꼬는 말투에 굳이 반응할 필요가 없었다.

무심하기 짝이 없게 답하자 양은하의 눈썹이 위로 치켜졌다.

"그래? 그럼 우리 커피 한 잔 정도는 사줄 수 있지?"

지극히 당연하다는 것처럼 말한다. 주변에서 떠받드는 사람들이 많다 보니 형성된 성격이었다. 괜히 엮여서 피곤해지기 전에 커피 한 잔 사주고 보내는 게 나을 듯했다.

"선생님, 이 개념 밥 말아 먹은 여자는 누군가요?"

"개념 밥……?"

그러나 먼저 무시당하고 있던 유서희가 처음으로 목소리를 꺼냈다.

양은하가 인상을 구겼다.

"이 젖 내 나는 꼬맹이는 또 뭐야?"

"저, 젖 내 나는 꼬맹이? 지금 그게 말이라고 한 거예요?"

"그리고 선생님이라니, 이 사람한테 과외라도 하는 거야? 고등학교 과정도 제대로 이수 못 했을 텐데, 웃기네."

"그쪽이 선생님에 대해 뭘 안다고 그래요?"

"너는 뭘 알긴 아는 거니?"

"뭐라고요?"

하지만 양은하와의 말싸움에서 유서희는 상대가 되지 않았다. 감정적으로 부딪쳐 본 경험이 적은 탓이다. 게다가 내가 무슨 선생님 노릇을 하는지는 함구하도록 약속이 되어 있어서 그에 대한 이야기를 꺼낼 수도 없었다.

씩씩대는 유서희를 향해 양은하가 승리의 미소를 지어 보였다.

"미안해요, 늦었죠?"

그리고 모든 시선이 두 여인에게로 쏠렸다.

금발 벽안의 여인과 보랏빛 머리칼을 가진 여인의 등장 때문이었다.

순식간에 세상의 중심이 옮겨져 버린 것만 같은 아우라를 뽐내며 둘이 내게로 다가왔다.

시리아와 요르문간드였다.

"요르 씨가 옷을 사고 싶다고 하는 바람에 늦었어요."

"어떠냐, 짐의 자태가. 솔직하게 답하도록."

몸에 딱 달라붙는 가죽 호피 원피스와 가방을 든 모습은 눈이 아찔할 정도였다. 계속 보는 나도 적응이 안 되는 아름다움인데 다른 사람들은 두말할 게 없었다.

"나쁘진 않네."

요르문간드의 질문에 짧게 답했다.

원래라면 이 둘을 유서희에게 소개시켜 주고 싶었다. 손님 없는 외진 곳의 카페라 들어왔는데 더 신경을 썼어야 했는지. 고개를 돌리자 양은하가 시리아와 요르문간드를 멍하니 바라보고 있었다.

"설마…… 아포칼립스 길드의……."

시리아 역시 나름의 변장을 하고는 왔지만 그 본연의 자태를 감출 수는 없었다.

이윽고 양은하가 놀란 기색으로 이어서 입을 열었다.

방금의 도도한 표정은 온데간데없었다.

"서, 성녀 시리아 맞으시죠?"

"성녀라면 그 성녀?"

"헐, 진짜 실물이야? 대박."

양은하 군단 역시 놀라긴 매한가지였다.

시리아는 한국만이 아니라 세계로 인기몰이를 해가는 중이었다.

재색을 겸비하고 빛의 정령을 다루며 '성녀'라고 불리는 여인은 시리아밖에 없기 때문이다. 한국에선 특히 열광하는 사람이 많았다. 아이돌 위의 아이돌과 같은 존재라고 해야 할까?

일반인은 감히 범접하지 못할 영역이었다. 양은하도 마찬가지.

시리아가 어색하게 웃어 보이곤 다시 나를 쳐다봤다.

"한성 님, 자리를 옮길까요? 여긴 조금 시끄럽네요. 보는 눈도 있고."

명백히 양은하를 의식한 발언.

나도 고개를 끄덕였다.

"그러지."

천천히 자리에서 일어나 발걸음을 옮겼다.

그 뒤를 유서희와 시리아, 요르문간드가 따랐다.

양은하와 그 군단이 넋을 잃고 뒷모습을 바라만 보고 있었다.

그리고 겨우 정신을 차린 양은하가 혼란스럽다는 표정으로 작게 중얼거렸다.

"한성 님……? 대체 뭐야……?"

내가 만들고자 하는 건 서로의 라인이었다.

바람의 노래 길드의 마스터인 유서희와, 아포칼립스 길드 간부인 시리아 간의 관계를 더 긴밀하게 하여 두 길드가 '건전한 라이벌' 구도로 향할 수 있게 하기 위함이었다.

내가 할 일은 딱 여기까지였다.

서로를 확인시키고 소개시켜 주는 것.

다음은 유서희가 알아서 해야 한다. 엘프와 다크엘프가 있는 세계로 가는 1차 선발대에 포함되거나 하는 것들을 말이다.

['전이'를 시작합니다.]

대충 정리할 것들을 정리하고, 침대 위에 '완전한 보호의 결계'를 설치한 다음 전이를 시도했다.

'완전한 보호의 결계'는 도서관에서 남은 검은 파편 7개를 사용해 구매한 것으로 최대 반경 100m 수준의 거대한 보호막을 칠 수 있는 물건이다.

전이를 했을 시 이타콰가 위험을 알리는 건 내게 무슨 일이 일어난 뒤다. 하지만 이 결계를 치면 내 몸도 보호하면서 이타콰의 반응도 알아차릴 수 있을 터였다.

"로드를 뵙습니다."

"라이라."

라이라 디아블로.

그녀다.

내가 문을 열자 기다렸다는 듯 그녀가 한쪽 무릎을 꿇고 내 발에 입을 맞췄다.

그러곤 꽃처럼 환하게 웃으며 말했다.

"기다리고 있었답니다. 아, 물론…… 이그닐도 함께요."

시이이.

이그닐이 내 어깨 위에 자연스럽게 앉았다.

이타콰와 달리 이그닐은 크지 않았다. 오히려 작아지고 있었다. 원인을 찾고자 했지만 라이라도 처음 보는 현상이라고 했다. 참 알 수 없는 노릇이었다.

"암흑 상회로 가자."

고개를 끄덕이며, 한 걸음을 내디뎠다.

심장이 크게 뛰었다.

더는 피할 수 없는 보이지 않는 싸움의 전조였다.

게이트를 타고 암흑 상회의 입구로 들어서는 순간부터.

모든 게 달라졌다. 벌레 우는 소리마저 없는 삭막함. 어깨를 짓누르는 무거운 기압에 나마저도 정신이 아찔해질 것만 같았다.

비명이 없고, 피도 없지만 이곳은 전장이었다.

들어선 그 순간부터 나는 어느 때보다 폭력적인 전장에 들어온 셈이다.

이러한 분위기를 나는 살면서 단 한 번도 맛본 적이 없었다. 그저 대지에 발을 디딘 것만으로 이만한 압박감이라니.

지독하게 조용하고 지독하게 살벌하다.

"긴장을 푸세요. 이곳은 로드를 선보이는 첫 번째 전장입니다."

라이라 디아블로의 말이 맞다.

어느 곳을 가던 첫인상은 중요한 법이다.

하물며 나는 여러 가지 소문의 중심에 있는 존재였다.

100년 만에 깨어난 데몬로드, 그 권능은 미래 예시라는 소문이 있었으니 필히 주목하는 자들이 있을 것이었다.

이곳은 왕들의 전장이며, 나 역시도 왕이다. 왕이 왕을 상대하는데 긴장을 한다는 건 말도 안 되는 일.

끼룩.

이그닐이 볼을 비볐다.

고개를 끄덕이며 앞으로 나아간다.

한 발자국, 최초의 행보.

그 많던 암흑 상인이 하나도 보이지 않았다. 길을 막는 그 무엇도 모두 정리가 되어 있었으며 노예들 역시 눈 씻고 찾아봐도 없다.

오로지 데몬로드와 데몬로드가 허락한 자들만이 이 길을 걸을 수 있도록 한 것이다. 이 심연의 절대자들이 단 하나의 불편함이 없도록 말이다.

그리고 '절대자의 별' 바로 옆에 또 다른 거대한 첨탑 하나가 세워져 있었다. 여태까진 보이지 않았던 건물. 저곳이 바로 경매가 진행되는 장소다.

그 건물 앞까지 도달한 직후에 나는 잠시 멈춰 섰다.

문을 열면 그때부터가 시작이었다.

"마계 옥션은 심연에서 비롯된 명칭이 아닙니다. 본래는 다른 세계, 이 심연과 비슷한 곳에서 시작한 전통의 이름이라고 합니다. 브뤼시엘의 이름을 가진 악신이 있던 세계에서 시작한 것이라는 이야기가 가장 유력합니다."

브뤼시엘. 나도 안다. 심지어 직접 보기도 했다.

데몬로드 안달톤에게 이름을 준 자가 브뤼시엘이었다. 그 외에도 지구를 침략한 괴물들 중에는 간혹 그 이름을 연호하며 모시는 놈들도 더러 있었다.

그리고 관리자의 권한을 얻어 다른 세계를 탐방했을 때, 브뤼시엘을 직접 만나고 그 가공할 악신의 존재를 느꼈다. 범접 불가의 영역.

"사천왕을 따르는 네 개의 파벌과 중립의 데몬로드들이 있습니다. 안달톤 브뤼시엘 역시 우리와 같은 중립의 입장이며, 면식이 있는 만큼 적당히 거리를 좁히는 것도 나쁘지 않습니다."

암흑 상회에 오기 전에 이미 다 했던 말들이다.

이왕이면 라이라는 그 '안달톤 브뤼시엘'과 내가 친하게 지냈으면 하는 것 같았다. 물론 의견만 제시할 뿐 강제는 아니다.

하여간 그 안달톤은 데몬로드들 중에서도 '강한 축'에 드는 녀석이었으므로. 위대한 별, 그 거신을 보았을 때 나도 안달톤을 한 번 만난 바가 있었다.

"경매는 3일간 나뉘어 진행됩니다. 그리고…… 제 빚을 갚아주셔서 감사합니다."

"당연한 것이다. 개의치 말라."

라이라가 무겁게 고개를 숙였다.

이곳에 오기 전, 나는 라이라가 졌던 '빚'을 변제했다. 애당초 나를, 내 영지를 지키고자 사용했던 포인트다. 마땅히 갚아야 할 것이었고 오히려 늦은 감이 있었다.

'빚을 갚지 않으면 경매 이용에 제한이 걸리니.'

게다가 어차피 정상적으로 마계 옥션에 참가하려거든 빚부터 변제할 필요가 있었다.

16만.

그리하여 내게 남은 포인트는 28만가량이다. 아주 많다고 할 수는 없지만, '심안'과 합쳐 최대한 굴려볼 작정이었다.

끼이이이이익.

굳은 얼굴로, 문을 열었다.

거대하기 짝이 없는 두 문이 천천히 바닥을 쓸며 열렸고, 곧이어 나는 그 내부를 두 눈으로 확인할 수 있었다.

하늘까지 닿을 것만 같은 천장. 올림픽 경기장 다섯 개는 합쳐야 비슷할 듯한 비대하기 짝이 없는 공간이었다.

그리고…… 그들의 '시선'이 내게 닿았다.

숨 막히는 분위기와 압박감이 나를 옭아매었다.

나를 제외한 71명의 데몬로드. 그들이 서로의 파벌로 나뉘어 뭉쳐 있는 상태로 새롭게 등장한 '표적'을 바라봤다.

'이 녀석들이다.'

나는 애써 오연한 표정을 지어 보였다.

이 모두가 앞으로 내가 감당하고 넘어서야 할 산들이었다.

과거의 인류는 데몬로드 하나를 어찌하지 못해 파멸의 위기까지 놓였다. 하지만 그와 비슷한, 그보다 강력한 놈들이 바로 이곳에 있었다.

정해진 파멸. 발악했으나 닿지 못했던 미래.

이제는 바꿔 보이리라. 닿아 보이리라!

“여기서 저는 발언권이 없습니다. 이곳은 오로지 데몬로드만을 위한 장소. 용서해 주시길.”

“상관없다.”

천천히 걸으며 시선을 옮겼다.

양쪽에 두 개씩, 네 개의 파벌이 뭉쳐 있었고, 중립은 중심부에 자리를 잡았다. 마치 약속이라도 한 것처럼.

중립의 데몬로드는 총 다섯이었다.

나와 안달톤 브뤼시엘, 그 외의 셋이.

안달톤은 브뤼시엘은 잠시 나를 바라보다가 피식 웃고는 고개를 돌렸다.

나름의 반갑다는 표현일까? 일전에 보았을 때 그는 나를 향해 ‘다시 보자’고 말한 바가 있었다.

그 옆에 자리를 잡았다.

‘멸제의 카르페디엠.’

내게 느껴지는 시선 중엔 그놈의 것도 있었다.

멸제의 카르페디엠. 지옥왕을 따르는 파벌에 속한 하나.

그는 명백히 나를 향해 '적대감'을 드러내는 중이었다.

하기야 나는 놈의 손과 발을 거의 잘라냈다. 나와 녀석, 둘 중 하나는 반드시 죽어야 끝나는 싸움이었다.

멸제의 카르페디엠이 속한 파벌은 총 20명의 데몬로드로 구성이 되어 있었다. 단일 파벌 중에선 가장 숫자가 많다.

'제로.'

그리고 그들의 중심에 한 존재가 있었다.

제로!

심안으로 살핀 결과 그 외의 이름이 없다. 그는 그저 '제로'였다.

[상대방이 '심안(9Lv)'의 레벨보다 높은 '격'을 소유하고 있습니다.]

[제한적인 정보만 출력됩니다.]

이름: 제로

직업: 데몬로드

칭호:

- 제로(10Lv, ???)
- 공허(10Lv, ???)

● 말살의 왕(9Lv, ???)

능력치: ???

잠재력(500+120/500)

특이 사항: 이름이 없는 심연의 괴물. '제로'로부터 이름을 부여받은 순간부터 그는 스스로를 '제로'라 부르기 시작했다.

스킬: ???

쿵! 쿵! 쿵!

동시에 심장박동도 빨라지는 것만 같았다.

말 그대로 '격'이 달랐다.

그는 오로지 '검은 연기'로만 이루어져 있었다. 검은색의 망토를 착용하고, 검은색의 투구를 썼으나 존재 자체가 모호한 괴물이었다.

그러나 보는 순간 알 수 없는 공포를 느끼게 만들었다.

다른 파벌의 수장들 역시 마찬가지였다.

제로, 팔콘, 아르하임, 둠의 이름을 이은 자들.

그들 넷의 공통점이라면 스스로의 이름이 없었다. 악신에게 부여받은 이름을 그대로 사용하는 중이었다.

그렇게 네 개의 파벌, 최소 10명에서 20명의 데몬로드가 모여 있는 그 군집은 감히 '악의 덩어리'라 보아도 무방할 정도의 기세를 뿜어대고 있었다.

나는 실감했다.

'아직 부족하다.'

특히 파벌을 이끄는 수장들은 차원이 다른 괴물이었다.

정신이 번쩍 들었다. 저들보다 강해져야 한다. 저들 모두를 넘어설 정도의 힘을 얻어야 했다. 이곳은 그 시작의 장소였다.

"드디어 모든 로드가 모였군요! 장차 100년 만의 쾌거입니다!"

두둥!

나팔 소리와 함께 거대한 무대 위에서 크리스탈 왕관을 쓴 암흑 상인이 나왔다.

공작이다. 암흑 상인들 중에서 가장 힘이 있는 존재 중 하나.

그가 직접 나와 이 경매를 주도하고 있었다.

"이 경매가 끝나면 드디어 시작하겠지요. '별들의 전쟁' 말입니다. 상상하는 것만으로도 저는 매우 기쁘고 떨립니다!"

부르르!

공작이 몸을 떨었다.

실제로 그동안 데몬로드들은 서로의 세를 키우고만 있었다. 서로를 견제하긴 했지만 본격적인 공격은 행하지 않았다.

모든 데몬로드가 모이지 않았기 때문이다.

나, 우리엘 디아블로가 아직 깨어나지 않아서.

하지만 내가 이곳에 모습을 드러냈으니 본격적인 전쟁이 시작된다고 보아도 무방하다.

이 경매는 그 서막이었다.

"오늘 이 자리를 위해 저희 암흑 상회도 고민이 많았습니다. '별들의 전쟁'이 시작되면 선보일 극상의 물품들을 무려 100년간 준비해 놨습니다만, 그중 무엇을 먼저 선보여야 할까, 로드들의 입맛을 사로잡으며 감히 서로를 과시할 수 있는 것들이 무엇이 있을까, 행복한 고민을 해야만 했지요."

공작이 사방을 둘러봤다.

모든 데몬로드 하나하나를 바라봤다.

그러곤 천천히 입을 열었다.

"그전에 경매의 참여를 위한 규칙을 먼저 설명해 드리겠습니다. 저희 암흑 상회는 오로지 스스로가 취한 '포인트'만을 취급합니다. 거짓 양도 등으로 벌어들인 포인트는 강력한 제재의 대상이 되니 유념해 주시길 바랍니다."

포인트를 몰아주는 식의 방법은 불가하다는 걸 못 박았다.

나름의 투명성과 공정성을 위한 조치인 듯싶었다.

하기야 저런 규칙이 없으면 나 같은 중립의 데몬로드는 참여 자체를 꺼려할 게 자명했다.

"또한 로드분들이 가지신 포인트 이상의 입찰은 불가능합니다. 이 역시 공정하고 깨끗한 경매의 진행을 위함이니 양해해 주시길."

공수표 남발을 방지하기 위한 규칙이었다.

이 또한 납득할 만하였다.

공작이 이어서 말했다.

"마지막으로 저희는 로드분들의 평균 포인트 보유 현황을 보여드립니다. 모두 위를 바라봐 주십시오."

고개를 들어 허공을 바라봤다.

검은 날개를 단 석상 두 개가 공중에 떠 있었고, 그 중심에 있는 석판 하나에 숫자가 적혀있었다.

"376,500! 모든 데몬로드분의 평균 포인트 보유 현황입니다. 말하자면 이곳에서 사용될 수 있는 최대 재화는 얼추 2,700만 포인트라고 할 수 있군요. 상당합니다!"

공작이 호들갑을 떨었다.

내가 보유한 포인트는 28만. 평균치에 못 미친다.

하지만 저것은 어디까지나 '평균'이었다. 나보다 적게 가진 데몬로드도 많겠지만, 더 많은 재화를 보유한 데몬로드 몇몇이 평균을 무작정 올려놓은 게 분명했다.

이곳에서의 나는 결코 강자가 아니다.

내가 가진 것을 최대한의 효율로 사용해야 했다.

"규칙의 설명이 끝났으니 그럼 바로 경매를 시작해 보도록 하겠습니다. 자, 별들의 전쟁을 알릴 최초의 포효입니다. 혹시 '검은 돌'에 관한 전설을 아십니까?"

검은 돌?

나는 처음 들어보지만, 다른 이들은 아닌 모양이었다.

그에 대해 알고 있는 데몬로드들의 눈빛이 단번에 달라졌다.

무척이나 진지하게. 마치 먹이를 노리는 매의 그것과 같았다.

그 시선을 느낀 공작이 웃으며 입을 열었다.

"하늘에서 떨어진 검은 돌, 그 안에서 신이 태어나 세상의 종말을 알렸도다. 우리는 그를 '검은 돌의 신'이라 부른다. 그 위대한 이름은 '골-고로스'."

이윽고 암흑 상인 백여 명이 거대하기 짝이 없는 수레에 그 크기만 30m 남짓에 이르는 돌을 실어왔다.

공작이 그 돌을 가리키며, 말했다.

"골-고로스의 돌입니다. 정확히 말하자면, 잠들어 있는 골-고로스라고 해야겠군요. 위대한 검은 돌의 신을 맞이하여 박수를!"

짝짝짝!

공작이 홀로 손뼉을 쳤다.

동시에, 주변의 열기가 단번에 바뀌었다.

그것은 나 역시도 마찬가지였다.

설명만 들어도 저 검은 돌의 값어치를 알 수 있을 것 같았다. '검은 돌의 신', 무려 '신'의 이름을 단 물건인 것이다.

세상의 종말을 알릴 정도의 격 있는 물건이라면 모두가 노려도 이상할 게 없었다.

주변의 열기를 느낀 공작이 짙게 미소를 지었다.

"시작가는 5만 포인트로 하겠습니다."

"5만."

"로드 카카 님께서 5만 포인트에 입찰하셨습니다."

"6만."

"로드 피아 님!"

"7만."

"가파릅니다! 로드 가가멜 님!"

쉴 새 없이 입찰을 부르는 목소리가 흘러나왔다. 순식간에 입찰가는 10만을 넘어, 15만을 향하고 있었다.

시작부터 대단한 열기였다.

나는 가만히 그 장면을 지켜보고 있었다.

검은 돌의 신, 골-고로스. 설명만 들었다면 나 역시도 손을 들고 입찰 경쟁에 참여했을 것이다. 하지만 '심안'으로 살핀 결과는 아이러니 그 자체였다.

<검은 돌의 신, 골-고로스(value-150,000)>

● 생명체에게 유해한 빛을 뿜어낸다.

● 산 제물을 바치면 깨어나 알 수 없는 미래를 예언한다.

● 검은 박쥐와 두꺼비로부터의 신앙을 얻는다.

『아득히 먼 옛날에 떨어진 골-고로스는 소수 부족들의 숭배를 얻고 약간의 신격이 생겼으며, 그때 종말을 예언했다고 한다. 세월이 흐르며 골-고로스의 이야기가 누군가에 의해 '전설'처럼 퍼져 나갔지만 수만 년 이상이 흐른 지금에 와서도 종말의 예언은 실행이 되지 않고 있다.』

참으로 애매하기 그지없는 물건이었다.

신은 신인 거 같은데, 내가 생각하는 그런 종류의 신과는 일단 거리가 멀었다.

전지전능, 압도적인 무언가를 보이지는 않는단 뜻이다.

유해한 빛을 뿜어내고 알 수 없는 미래를 예언하며 검은 박쥐와 두꺼비의 신앙을 얻는다고? 정말 하나도 쓸데가 없다.

그나마 걸리는 거라면 '미래의 예언'이다.

나는 이 역시도 확인을 해보고자 했다.

'꿰뚫어 보는 자, 우리엘 디아블로의 권능.'

운명의 장난!

모든 것의 가능성을 점칠 수 있는 힘이다. 우리엘 디아블로는 100년간 잠들어 있으며 '라이라 디아블로'를 살릴 수 있는 미래를 수없이 예견하고 실행하며 끝내 나라는 가능성을 붙잡았다.

그는 수많은 가능성을 보고, 그중 하나를 '선택'할 정도의 권능을 가지고 있었다.

하지만 지금의 내가 가진 권한은 그보다 훨씬 적었다.

대신 부작용도 없었다. 나는 그처럼 100년을 잠들 필요가 없이 그저 간단한 가능성 정도를 점치는 게 가능했다.

내가 볼 것은 '골-고로스'의 예언이 진짜냐는 것이다.

[1:99]

앞쪽이 그럴 확률, 뒤쪽이 아닐 확률이다.

빌어먹을 소리가 절로 나왔다.

여러 가지로 해석이 가능한 가능성이었다. 골-고로스의 예언이 100개 중 1개만 맞는다거나, 아니면 99%의 확률로 골-고로스의 예언은 전부 거짓이라거나.

어느 쪽이든 최악이다.

'만들어진 전설이었군.'

어깨를 으쓱했다. 운명의 장난은 하루 세 번 정도밖에 사용하지 못하지만, 지금처럼 간혹 확신이 필요할 때 사용하면 아주 유용했다.

그리고 깨달았다.

"로드 크리시오 님! 22만 포인트에 입찰하셨습니다! 검은 돌의 신, 골-고로스는 그만한 값어치가 있지요!"

공작.

'저거 순 사기꾼이네.'

100년 만이니, 위대한 별들의 전쟁이니, 처음으로 선보일 것들을 고민하느라 행복했다느니…… 다 거짓말이었다. 얼굴색 하나 안 바뀌고 형편없는 물건을 '진짜'인 것처럼 포장한 것이다.

물론 암흑상회 쪽에서도 골-고로스의 전설이 거짓이라는 걸 모를 수도 있다. 나는 여기서 한 번 더 '확신'을 원했다. 과연 이 판이 짜고 치는 판인지 알아보기 위함이었다.

'공작이 골-고로스의 진실을 아는가?'

[100:0]

알고 있다.

100 대 0은 운명의 장난으로도 어지간하면 안 나오는 수치다.

진행자인 공작이 안다는 건, 암흑 상회 전체가 이미 알고 묵인하고 있다는 뜻.

내심 피식 웃었다.

운명의 장난을 벌써 두 번이나 사용했지만 전혀 아깝지 않았다.

이곳은 데몬로드들만의 전장이 아니었다.

적이 데몬로드만 있는 줄 알았는데, 아주 큰 착각이었다.

사기꾼이 판을 치고 있었다.

'암흑 상인들도 적이다.'

그저 포인트만 사용한다고 쉽게 좋은 물건을 넘겨줄 생각은 없는 것 같았다.

그 사실을 데몬로드들도 아는가?

하면, 의외로 조심하는 자들도 있는 걸 보면 알긴 아는 것 같았다.

하지만 사기꾼이 왜 사기꾼이겠는가.

'설마 또 그러겠어?'란 심리를 이용하는 것이다.

공작은 말했다. 별들의 전쟁, 그 첫 번째로 선보일 물건을 아주 고민했다고 말이다. 당연히 대부분의 데몬로드는 '첫 번째 물건은 대박이다!'란 생각을 가질 수밖에 없다.

나라도 그러겠다. 저렇게 호언장담을 하는데.

속에서 무언가가 근질근질거리고 있었다.

'재밌네.'

나는 이곳에서 분명히 약자였다.

보유한 포인트마저도 적었으니 강자들과는 상대가 안 된다고 말이다.

그런데, 어찌 보면 약자가 아닐 수도 있겠다는 생각이 들었다.

오히려…… 강자의 측에 있는 건 아닐까?

암흑 상인들의 거짓을 분쇄하고 숨기려 했던 것들을 나만이 볼 수 있다면, 그건 정말 엄청난 무기였다. 게다가 데몬로드도 '완벽하지 않다'는 것을 나는 분명히 인지하고 있었다.

당장 우리엘 디아블로, 이 몸의 주인조차 내가 볼 땐 '답답이' 그 자체였던 탓이다.

"더 입찰하실 분 안 계십니까? 이대로면 검은 돌의 신골-고로스가 22만 포인트에 낙찰됩니다."

정말 재밌는 판이었다.

가치 15만짜리를 벌써 22만까지 띄웠으니.

하지만 22만에서 주춤한다. 모두가 눈치를 보고 있었다. 이 이상의 지출은 이번 경매 전체를 포기해야 할 수도 있는 것이다.

"23만."

공작의 눈이 나에게 닿았다.

"오오, 100년 만의 등장하신 로드 우리엘 님께서 23만 포인트에 입찰하셨습니다!"

나는 아무런 표정도 짓지 않았다.

하지만, 그렇지만, 저들도 나에 대한 소문을 알고 있을 것이다.

은연중에 들었을 수도 있겠지.

나 역시도 '미래 예시'를 할 수 있노라고. 혹은 그에 준하는 권능이 있다고. 멸제의 카르페디엠이 나를 적대하면서도 쉽게 손을 쓰지 못하는 이유였다.

"24만."

"다시 시작합니까? 로드 카카 님이 재참전하셨습니다!"

"25만."

"오오……!"

가격은 계속 올라갔다.

나는 슬며시 손을 내렸다.

그리고 잠시 후.

"로드 쿠르쉬넬 님이 33만 포인트에 골-고로스를 낙찰하셨습니다!! 박수를, 열띤 박수를 보냅니다!"

공작의 입이 찢어지려고 한다.

33만 포인트라니. 감히 엄두도 나지 않는 수치다. 아마 공작도 저 정도까지 올라가리라곤 예상하지 못한 것 같았다.

가치 15만의 물건을 두 배 넘는 가격에 팔았다. 마진도 이런 마진이 없다.

나는 낙찰을 받은 로드 카카라는 자를 바라봤다.

그는 승리에 찬 미소를 짓고 있었다.

저 미소가 얼마 지나지 않아서 똥 씹은 그것으로 변할 테지만 잠시의 행복을 누리게 해주자.

그리고 이번 경매에서 알아낸 게 있었다.

'제로 파벌은 한 명을 제외하면 아무도 경매에 참가하지 않았다.'

그 한 명조차 '일부러' 경매에 참여하게 만든 것 같다는 느낌을 지울 수 없다.

어쩌면 그들도 알고 있는 게 아닐까?

정확히 말하자면…… 저 중 누군가가 나와 같은 '관찰 계열'의 상위 스킬을 가지고 있을 수도 있었다.

'지독하게 경계심이 높거나. 어느 쪽이라도 조심해야겠군.'

저 제로라는 자. 계속 눈에 밟힌다. 4대 파벌 중 하나의 수장이며 그 능력치만으로도 나를 아찔하게 만드는 존재. 우리엘 디아블로가 아니라 제로가 지구로 떨어졌다면 모든 게 산산조각이 났을 것이다.

"자, 다음 경매로 넘어가겠습니다. 두 번째 물건 역시도 정말 물건입니다. 자신 있게 선보여 드리는 이것! 끊임없는 불길로 모든 것을 태우는 자! 루벨스의 염화입니다!"

공작이 이어서 다음 물품을 소개했다.

"착용한 것만으로도 모든 것을 태울 권능을 손에 넣을 수 있습니다. 모든 불의 왕이 된다고 보아도 무방하며 어떠한 불도 감히 착용자를 해치지 못할 것입니다."

과장스러운 몸짓과 함께 공작이 자신 있게 말하였다.

루벨스의 염화라 불리는 갑옷이었다.

지그르르르!

계속해서 타오르고 있었다. 겁화가 세상을 태워 버릴 것 같은 기세로. 확실히 '겉'은 좋다.

'심안.'

하지만 뚜껑은 열어봐야 한다는 걸 처음 경매로 깨우쳤다. 심안을 열어 더욱 자세히 살필 필요가 있었다.

<루벨스의 염화(value-180,000)>

●꺼지지 않는 불꽃으로 상대를 태울 수 있음.

●불 속성에 대한 강한 저항.

●사용자에게 걸린 A랭크 이하의 '효과' 차단.

좋은 건가?

아니면 나쁜 건가?

이것도 애매했다. 위의 두 능력은 좋다고 할 수 있지만,

'효과'의 차단이라는 게 좋은 효과도 나쁜 효과도 모두 차단해 버린다는 뜻 같았다.

'저주, 혹은 버프 계열의 스킬 모두를 차단하는 거로군.'

요르문간드가 가진 '밤의 저주에 면역'보다 한참 하위의 능력이었다. 물론 불에 약하고, 지우고 싶은 저주가 있다면 구매해도 나쁠 건 없겠지만…….

내가 굳이 살 필요까진 없는 그 정도의 물건이라 할 수 있겠다.

"이번에도 5만 포인트부터 시작하겠습니다."

"5만."

"로드 우리엘 님께서 5만 포인트에 입찰하셨습니다!"

골-고로스보단 형편이 낫지만, 분명한 건 이번에도 '허위 매물'이었다.

공작의 설명처럼 그다지 대단한 것이 아니다.

어디까지나 '데몬로드'의 기준에서지만.

하지만 그렇다고 입찰 경쟁에서 빠질 순 없는 노릇이다.

낙찰은 하지 않겠지만, 가격을 띄워서 저들의 지갑은 텅텅 비게 만들어야 하지 않겠는가!

'더불어 혼란도 줄 수 있겠지.'

처음에야 '미래 예시가 가능한 우리엘 디아블로'가 입찰을 했다는 것만으로도 몇몇 데몬로드의 구매 욕구를 증가시킬 수 있을 테지만, 내가 계속해서 아무 의미 없이 입찰을 반복한다면 어떻게 될까?

점차 나에 대한 인식, 기대가 낮아지게 될 것이다.

그리고 그럴 때 '진짜 물건'을 낚아챘다.

아무리 암흑 상회가 사기꾼들 집합이라 하더라도 쓸 만한 것 몇 개는 내놓을 터였다. 그러니 라이라가 그토록 '마계 옥션'의 중요성을 설명한 것이겠지.

'나는 보이지 않는 손이 되어야 한다.'

그러나 계속해서 경매에 영향을 준다.

적의 적은 아군이라고, 나는 데몬로드보단 암흑 상인의 편이었다.

"24만! 로드 오르텔 님께서 24만에 '루벨스의 염화'를 낙찰하셨습니다! 축하, 또 축하드립니다! 새로운 불의 왕이 탄생하겠군요."

모르고 봤다면 듣는 순간 뿌듯해질 말들이었다.

하지만 저 혓바닥을 조심해야 한다. 나 자신을 결코 풀어둬선 안 된다. 100번 경계하고 1번 경계가 흐트러지면 그 즉시 당하게 되어 있었다.

그렇게 다섯 번이 넘도록 나는 '보이지 않는 손'이 되었다. 입찰가를 올리고, 데몬로드들의 평균 포인트 보유량을 무참하게 깎아내렸다.

"벌써 일곱 번째 물건이로군요. 이것 또한 기대해 주십시오. 아주 특이한 정령입니다. 저희도 발견하는 순간 고개를 갸웃할 수밖에 없었습니다. 번개의 정령이긴 한데, 무려 푸른 번개를 품고 있는 정령입니다. 육안으로도 확인될 정도로 강렬한 번개죠."

작은 철창 안에 번개가 내리치고 있었다.

크기는 주먹 크기나 될까. 계속해서 철창을 벗어나려 하고 있지만 보이지 않는 결계에 막혀 튕겨 나가길 반복하고 있었다.

"게다가 정령계에서 통용되는 '급'이 없습니다. 이는 정령계가 아닌 자연계에서 강렬한 힘에 의해 잉태된 정령이란 뜻이지요. 그 희소성에 관해선 모두가 알고 계실 겁니다."

로드 몇몇이 턱을 쓸었다.

정령을 육안으로 확인하는 건 아무리 그들이라도 힘들다.

하지만 지금 정령의 형상이 아주 흐릿하게나마 육안으로 보이고 있었다. 굉장한 정령임에는 분명했다.

하지만 내게는 뚜렷하게 보였다.

푸른 번개를 품은 녀석이.

심지어 녀석이 '나'를 바라보고 있다는 사실마저도!

'왜 나를 보고 있는 거지?'

나를 본 순간부터 철창 안에서 더욱 격렬하게 움직이기 시작했다.

나 역시 녀석을 바라보았고, 둘의 시선이 허공에 얽혔다.

그 순간.

「너에게서 크투가의 냄새가 난다.」

머릿속을 울리는 목소리가 있었다.

「내 이름은 프투가. 살아 있는 불, 크투가의 아바타르다. 크투가께선 내게 불과 푸른 번개의 힘을 주셨노라. 한데 너는 누구지? 누구인데 지금은 없어진 그분의 냄새를 풍기는가.」

크투가!

익숙한 이름이었다.

일전 산호섬에서 비밀 경매를 통해 구매한 '크투가의 힘이 담긴 돌'을 지구로 가져가 모루 대신 사용한 바가 있었다.

만들어진 장비는 더욱 단단하고 날카로웠으며 불의 힘을 품어 한계를 뛰어넘게 만들어줬다. 만약 내게서 '크투가의 냄새'가 난다면 걸리는 건 그것뿐이었다.

"시작가는 3만 포인트입니다. 이 희귀한 정령을 데려가실 분이 누구일지 벌써부터 기대되는군요."

공작이 밑밥을 깔았다.

"3만."

"오호호. 로드 팔콘 님! 영광입니다."

그 시작을 데몬로드 팔콘이 알렸다. 4개의 파벌 중 하나를 지탱하는 수장.

나는 진지하게 고민할 수밖에 없었다.

프투가. 녀석은 나만 볼 수 있고, 그 목소리 역시 나만 들을 수 있다. 게다가 프투가에게서 느껴지는 '불과 푸른 번개'는 확실히 범상치 않은 것이었다.

프투가 역시 나와의 계약을 원하는 모양새다. 그러나 이번 경매에 몇 명의 로드가 참여할지가 관건이었다.

"7만."

"7만 포인트 나왔습니다! 로드 가라쉬 님!"

"8만."

"로드 팔콘 님!"

3만에서 시작하여 벌써 8만까지 치솟았다.

게다가 팔콘이라 불리는 괴물이 프투가를 노리는 낌새였다.

그가 참여하자 확실히 참전자가 적었다.

팔콘뿐만이 아니라 4대 파벌의 수장들, 그들이 참여하는 경매는 항상 입찰자가 적었다. 이곳에서도 '힘의 논리'가 돌아가고 있는 게 분명했다.

격이 다른 괴물들을 존중하고 두려워하며 뒤로 발을 빼는 것이다. 게다가 '같은 파벌' 소속이라면 아예 참여 자체를 안

했다. 지금 팔콘의 파벌 모두가 관심을 거둔 것처럼 말이다.

'파벌이 없는 내겐 그나마의 희소식이지.'

나는 눈치를 볼 게 없다. 중립의 입장. 그다지 잃을 것도 없는 상태였으니.

다만, 문제는 총량이다. 포인트의 총량. 만약 제대로 과열이 되어 경쟁이 붙는다면 이길 수 없을지도 모른다.

'어찌한다.'

선택의 가로였다. 내가 정한 마지노선은 15만이다. 그 이상을 넘어가면, 설령 프투가가 나를 부르짖는다 할지라도 어쩔 수 없다. 더 좋은 기회를 위해 양보할 수밖에.

하나 욕심이 나는 건 사실이다.

저 불을, 저 푸른 번개를 본 순간부터 마구 허기가 났다.

이 허기는 '폭식'과 닮았다.

요즘에야 느끼는 거지만 오한성과 우리엘의 신체가 서로 동화되면 될수록 끼치는 영향의 정도가 커지는 것 같았다.

이 허기는 프투가를 가져야만 없앨 수 있는 것이었다.

'모든 파벌이 경쟁을 하기도 하지만, 양보를 하기도 한다.'

여태까지 경매를 진행해 보니 암묵적인 룰이 있는 것 같았다. 예컨대 제로, 팔콘, 아르하임, 둠의 네 파벌이 서로 물건 하나씩을 구매한다거나 하는 식이었다.

확실하진 않지만, 이번에는 팔콘의 차례라는 걸까?

"10만 포인트 나왔습니다. 더 없으십니까?"

공작이 말했다.

몇 번 이와 같은 양상이 나왔고, 공작도 별로 달가워하지 않는 듯했다.

머릿속이 빠르게 돌았다.

이 상황을 타파할 방법…….

"200만."

진한 미소를 지으며 말했다.

한 치의 흔들림 없이 오만하기 짝이 없는 표정으로.

"200만 포인트가 나왔습…… 예? 지금 제가 들은 숫자가 맞습니까?"

공작이 당황했다. 그럴 수밖에. 고작 정령 하나를 사자고 200만 포인트를 부르는 정신 나간 놈이 어디 있겠는가.

하지만 그 순간이었다.

삐이이이익-!

탑 전체를 내지르는 강렬한 소음. 머리가 다 아파질 정도의 소음이 주변을 강타하자, 공작이 약간 화가 난 음성으로 말했다.

"우리엘 님, 보유한 포인트 이상의 입찰은 불가능하다고 말씀드렸지 않습니까?"

"그런 것 같군. 혹시나 규칙에 허점이 있을까 봐 말해보았다. 알다시피 나는 이곳이 처음 아닌가?"

"……다시는 그러지 말아주십시오. 진행에 방해가 됩니다."

"조금의 오차도 안 되는 모양이군. 알았다."

능청스럽게 넘어갔다.

그리고 '말'을 심었다.

하나둘, 시선이 모인다. 나는 그저 정면만을 바라봤다. 여유로운 미소 그대로를 간직한 채로.

'조금의 오차', 말하자면 200만 포인트에 근접한 재화를 보유하고 있다는 그 말을 로드들이 의식하기 시작한 것이다.

서로가 서로의 힘을 인정하고 과시한다면, 나 역시도 그들과 같은 '급'을 가지면 되는 것이었다.

이곳에 모인 데몬로드들의 평균 포인트 보유량은 376,500이다. 그것을 아득히 넘어버리는 재화를 홀로 가지고 있다고 하니 감히 신경이 안 쓰일 수 있겠는가.

100만도 아니고 200만을 부른 건 다소 허풍스럽긴 했지만, 믿건 말건 파장을 낳았으면 되었다. 한번 신경을 쓰기 시작하면 계속 눈길이 가는 법이었으므로.

이어서 다시 손을 들었다.

"미안하니 어쩔 수 없지. 11만."

"우리엘 님, 11만 포인트 나왔습니다."

공작이 고개를 절레절레 흔들며 말했다.

그리고 나는 천천히 팔콘을 바라봤다.

검은색 새의 날개를 가진 마족. 그가 묘한 눈빛으로 나를 바라보는 중이었다. 마치 '이것 봐라?'라고 말하는 것만 같았다.

자, 나는 떡밥을 던졌다.

여태껏 나는 단 한 번도 경매에 참여하지 않은 적이 없었다.

하지만, 이번에는 다르다.

의심을 할 수도 있지만 명분은 있었다.

"12만."

"팔콘 님……."

"13만."

"호오. 우리엘 님, 13만 입찰가 부르셨습니다."

어깨를 으쓱했다. 미안하니 적당히 달려주겠다는 눈빛으로 공작을 바라보자, 공작도 방금의 '실수'를 잊곤 가볍게 미소를 지어 보였다.

여기서부터가 승부수다. 나는 여태껏 모든 경매에 참여했지만, 이토록 '구매 의사'를 보인 적은 없었다. 하지만 진짜로 사고 싶어서 사는 건지, 정말로 미안해서 참여를 해준 건지에 대한 애매함은 남겨두었다.

팔콘도 의식하고 있을 것이다.

정령 하나에 수십만 포인트는 분명히 아깝다. 나보다 마지노선이 높긴 할 테지만, 출혈 경쟁을 해봤자 남는 게 없었다.

그들이 보기에 저 정령은 그저 '희귀'할 뿐이니까.

"13만 나왔습니다. 더 안 계십니까? 우리엘 디아블로 님이 희소성 넘치는 정령을 13만 포인트에 낙찰하게 됩니다."

시간이 지나간다.

팔콘은 손을 털었다.

그가 손을 털자, 더 이상 나서는 자가 없었다.

'후.'

내심 한숨을 내쉬었다.

허세가 통했다. 연기가 먹혔다. 물론 앞으로가 더 중요하다. 이 연기를 계속해서 관철시킬 필요가 있었다.

미소 지었던 공작의 입가가 다시금 무표정하게 물들었다. 기대를 했는데 그 기대에 못 미친 결과가 나와서다.

"축하드립니다. 13만에 '푸른 번개의 정령'이 우리엘 디아블로 님께 낙찰되었습니다."

짝짝짝.

박수가 끝나고, 내 잔여 포인트 중 '13만'이 정확히 사라졌다.

이제 남은 건 15만 포인트가량.

프투가가 작은 철창을 뒤로하고 암흑 상인들에 의해 옮겨

졌다.

'더욱 신중해져야 한다.'

허세가 마냥 먹힌 건 아닐 것이다. 내가 간을 보듯, 데몬로드들도 나를 간 보고 있을 것이었기에. 첫 번째 구매 물품은 임기응변으로 어떻게 넘어갈 수 있었지만 이제부터가 진짜다.

이후 세 개의 물품이 더 나왔다.

정확히 총 열 개.

'이거다!' 싶은 건 없었다.

너무 큰 기대를 해서일까?

"첫째 날의 막을 내리겠습니다. 마계 옥션은 총 3일간 치러집니다. 첫째 날인 오늘은 주로 장비와 전설 혹은 희귀한 것을 판매했지요. 내일은 최고급 '노예'들이 주를 이뤄 나옵니다. 기대해 주시기를."

공작이 고개를 숙였다.

막이 내려가고, 세이렌들이 노래하며 첫째 날의 종료를 알렸다.

마계 옥션이 치러지는 3일간 데몬로드들은 '암흑 상회'를 떠날 수 없다.

이 또한 규칙이었다.

대신 초호화의 잠자리가 주어지고, 원한다면 온갖 종족의 여자를 품을 수도 있었다.

"허, 그걸 용이라고 데리고 다니는 건가?"

첨탑을 벗어나 라이라의 안내를 받으며 길을 걷고 있을 때였다.

데몬로드의 무리가 보였다. 제로. 그리고 그 밑에 있는 19명의 데몬로드. 개중에는 멸제의 카르페디엠도 있었다.

"분명히 그때 샀던 머저리 용이겠지. 알이 깨져서 수명이 얼마 안 남은 걸 산 걸로 기억하는데, 그걸 과시하려고 어깨에 지고 다닌다? 200만 포인트는 끔찍할 정도의 허세로군."

다리를 멈추고 놈을 바라봤다.

그래, 유일하게 나에게 태클을 걸 수 있는 존재가 있다면 멸제의 카르페디엠이다. 놈은 나와 적대 중이었고, 오랜 시간 전쟁을 벌여왔기 때문이다.

내 영지에 포인트가 없다는 것도 놈은 알고 있을 것이었다.

그리고 카르페디엠의 옆에는 2.5m 길이는 되어 보일 법한 성장 중인 암흑룡이 있었다. 이타콰와 이그닐을 구매할 때, 녀석은 가장 미래가 기대되는 암흑룡을 사들인 바가 있었다. 아마도 그 암흑룡이 저렇게 성장한 것일 테다.

이름: 커스(value-185,000)

종족: 암흑룡(暗黑龍)

능력치:

힘 49s 민첩 41a 체력 42a

지능 34a 마력 47s

잠재력(213/481)

스킬: 저주의 숨결(4lv), 어둠의 울음(4lv), 광포화(5lv)

과연. 준수한 편이었다.

신체 능력이라면 이타콰가 압도했지만 마력이 그보다 높았다.

반면에 이그닐은…….

이름: 이그닐(value-244,000)

종족: 황룡(黃龍)

칭호:

- 염왕의 부름(9LV, 지능마력+9)

능력치:

힘 38a 민첩 35a 체력 30b

지능 64(55+9)s 마력 78(69+9)ss

잠재력(227+18/485)

특이 사항:

-성현의 가호, 염왕의 힘을 이어받았습니다.

-크기가 작아지고 있습니다.

스킬: 염력(6lv), 염왕의 숨결(7lv), 마력 폭류(6lv)

종합 능력치는 이그닐이 조금 더 앞서는 수준이었으나 확실히 둘은 성향이 반대였다. 이그닐은 주로 지능과 마력에 모든 투자가 되어 있는 상태였다.

그래서인지 스킬의 레벨도 전체적으로 높았고 색깔의 선명함도 이그닐이 더 뚜렷했다. 하지만 신체의 차이도 무시할 순 없다.

당장 외견만으로 보기에 이그닐은 이제 막 태어난 새끼용보다 조금 큰 정도에 불과했다. 이유를 알 수 없지만 계속해서 작아져서 지금은 80㎝ 정도밖에 크기가 되지 않았던 탓이다.

키르릭!

이그닐이 열을 올렸다.

크르르르릉!

그러자 카르페디엠이 기르는 암흑룡, 커스도 울부짖었다.

“내 용이 네 용보단 나아 보이는데.”

“푸하하! 지금 나를 웃기려고 하는 소리냐?”

크게 웃어 젖힌 그가 파벌의 수장인 ‘제로’를 향해 몇 마디 말을 건넸다.

"여흥거리가 필요하지 않으십니까? 제가 재밌는 걸 보여드리겠습니다."

"……."

제로. 연기로 이루어진 그는 말이 없었다.

하지만 그럼에도 카르페디엠은 의사소통이 가능한 듯싶었다.

"후회하지 않으실 겁니다. 제가 기르는 암흑룡은 단순한 용이 아닙니다. 지저에서 군림하던 '검은 눈동자 그라디아'의 자식이지요."

"그라디아? 그 잔인한 학살자 말인가?"

"왜 여태껏 말을 안 하고 있었지?"

주변의 데몬로드들이 흥미를 보였다.

카르페디엠은 흐뭇한 미소를 지었다. 여태껏 말 안 한 이유, 자랑과 과시를 위해서다. 더불어 놈은 파벌의 수장인 제로에게 관심을 받고 싶어 하는 것 같았다.

이윽고 카르페디엠이 재차 나를 바라봤다.

"정말 네 용이 커스보다 강하다면, 한번 싸워보면 되겠구나."

"싸워서 내가 얻는 이득이 뭐지?"

"네가 겁쟁이가 아니라는 증명."

"그다지 실효성은 없군."

그따위 증명 알 게 뭔가.

내가 바라는 건 물질적인 것이었다.

가령…….

"네 어깨 위에 있는 휘장. 그것을 걸어라."

카르페디엠이 입고 있는 갑옷 위에 놓인 휘장. 능력은 별 게 없지만, 상징으로서의 가치는 높은 편이었다. 무려 20만. 적어도 녀석이 지금 가지고 있는 것 중에는 가장 비쌌다.

"이 휘장을 알아보는 걸 보니 제법 눈썰미가 있구나. 내가 이 휘장을 걸면 너는 무엇을 걸 거지? 라이라 디아블로라도 걸 테냐?"

"그러지."

시원하게 고개를 끄덕였다.

슬쩍 라이라를 바라보자 라이라는 작게 미소만 짓고 있었다.

입 모양으로 작게 '믿습니다'라고, 그녀가 말했다.

다소 양심이 아파왔지만 라이라는 내 선택이 마냥 옳다고 생각하고 있는 것이다.

'이그닐은 승리를 확신하고 있다.'

나와 이그닐은 서로 연결되어 있다. 녀석의 감정이 그대로 전해져 왔다. 확신. 저 깜둥이 정도는 자기가 이길 수 있다는 자신감.

"흐흐흐! 미련한 놈. 자존심에 자신의 핏줄을 걸다니. 커스!"

쿵! 쿠웅!

나름의 육중한 몸매를 선보이며 암흑룡이 걸어 나왔다. 그래 봤자 대부분의 데몬로드보다 작기는 하지만, 작은 걸로 따지자면 이그닐은 초파리 수준이었으니.

슈우우우.

이그닐은 공중을 날았다. 땅에 발을 붙이는 것보다 날아다니는 게 더 편해 보였다.

"커스, 저 조막만 한 용 같지도 않은 용을 짓밟아버려라!"

캬아아아아!

날개를 펼친 암흑룡이 저돌적으로 돌진하여 이그닐을 향해 달려갔다. 크기의 차이를 이용해 압도적으로 눌러 버릴 셈이었다.

동시에, 이그닐의 황금색 눈이 더욱 짙은 황금색으로 변했다.

그러자.

콰앙!

지척까지 다가온 암흑룡이 멋대로 넘어졌다.

발을 헛디딘 것이다.

모두가 지켜보는 가운데서.

망신도 이런 망신이 없었다.

"지금 뭐하는 거냐! 빨리 끝내지 않고!"

크릉! 크아아아아아!

카르페디엠이 재촉하자 암흑룡이 다시 일어섰다.

근육이 팽창하며 신체의 크기를 더욱 키웠다.

그러곤 단번에 이그닐을 위에서부터 덮쳤다. 피하는 건 불가능했다. 날카로운 손톱이 이그닐을 찢어발기려고 하는 그 순간.

퍼억!

암흑룡이 다시 바닥에 쓰러졌다.

이그닐은 이미 그 자리에 없었다.

더불어, 암흑룡은 자기 손톱으로 자기 볼을 긁었다. 코피가 터지고 그 주변에 상처가 나서 피가 줄줄 흘러내렸다.

하아암!

바로 옆으로 이동한 이그닐이 지루하다는 듯 눈을 비비고 크게 하품을 했다.

"지금…… 나랑 장난하자는 거냐?"

그 모습을 본 카르페디엠의 표정이 지옥의 악귀와 같이 변했다.

크릉. 크르릉.

그러자 암흑룡이 억울하다는 듯 콧소리를 내었다.

몸이 말을 듣지 않는다. 계속 헛발질만 하는 이유다.

'이게 염력이로군.'

대기의 마력을 자유자재로 조종하는 것. 마력에 힘을 부여하여 물리력을 행사하는 것. 그것이 바로 염력이었다.

어느 정도 경지에 이른 존재라면 누구나 할 수 있는 일이지만, 이그닐은 그 누구나 할 수 있는 일을 누구나 할 수 없을 정도의 레벨로 다루고 있었다. 마력의 움직임이 무척이나 부드럽고 섬세해서 신경 쓰지 않으면 눈치채지 못할 정도다.

물론 이곳에 모인 게 데몬로드인만큼 어느 정도 눈치를 채지 못한 자는 없었다. 다만, 쉽게 믿기 어려워하는 부류가 있을 뿐이다.

'암흑룡이 가지는 항마력은 뛰어난 편이지.'

모든 용이 그렇다. 그중에서도 암흑룡은 항마력이 뛰어난 편이었다. 비슷한 수준의 스킬에 직격을 당한다고 하더라도 그리 큰 타격은 입지 않는다.

고작 대기의 마력을 움직이는 수준으로 암흑룡의 자유를 빼앗는다는 걸 카르페디엠은 부정하고 있는 셈이었다.

"있는 힘을 모두 보여라. 더 이상의 추태는 용납하지 않을 것이니!"

카르페디엠이 마지막 경고를 날렸다.

놈은 필사적이었다. 그야 이기고 싶을 테다.

일단 저 제로라는 자. 파벌의 수장인 저 존재의 눈에 띄고 싶어 하는 열기가 나에게까지 닿았다. 아마도 카르페디엠은 같은 파벌의 데몬로드 중에서도 말석일 터였다.

그리고 라이라 디아블로.

놈은 아주 오랜 시간 라이라를 노려왔다. 내가 다른 내기 물품을 걸었다면 놈은 응수하지 않았을 것이다.

만약에, 만약에 이그닐이 패배하여 라이라를 잃을 상황이 온다면…….

'깽판이라도 쳤겠지.'

라이라는 중요한 재원이다. 그녀가 있어야만 승리를 해나갈 수 있다. 나 혼자서의 한계는 뚜렷하다.

이곳 심연에서, 내 측근에서 가장 좋은 조언만을 해주며 헌신하는 건 그녀뿐이었기에.

아마도 곧장 멸제의 카르페디엠, 놈의 목을 치러 전군을 동원해 달려들지 않았을까?

쿠오오오오오!

어깨를 으쓱하자 암흑룡의 몸집이 비대해지기 시작했다.

검은색의 연기가 주변을 휩쓸며 안광에서 광기가 튀었다.

광포화. 이성을 잃고 어둠의 정령의 광기에 취하는 것이다.

쉬익!

차악!

염력이 이전처럼 영향을 끼치지 못했다. 이그닐의 옆구리가 살짝 긁혀나간 것이다. 수많은 어둠의 정령이 암흑룡의 주변에서 마력의 흐름을 지배하는 중이었다.

압도적인 신체의 차이. 살짝 긁힌 것임에도 이그닐은 크게 휘청거렸다.

샤! 샤아!

무척이나 화가 난 듯 이그닐이 노성을 내질렀다.

그러자 이그닐의 주변으로 황금빛의 기운들이 조금씩 퍼져 나갔다.

굉장히 아름다운 광경이었다.

그리고 그 빛에 닿은 모든 것이 '느려지기' 시작했다.

'허.'

작게 감탄했다. 마력을 지배하고, 공간마저 손에 넣어 그 흐름을 입맛에 맞게 새겨 넣는다. 완벽한 공간의 지배. 나도 말로만 들었지 실제로 본 건 처음이다.

그것도 아직 다 성장하지도 않은 용이!

광포화한 암흑룡의 움직임이 눈에 띄게 느려지자 카르페디엠도 살짝 놀란 기색을 내비쳤다. 이그닐이 지배한 공간은 반경 5m 남짓밖에 되지 않았지만 감히 '완벽하다'는 말이 절로 나올 수준급의 지배력이었다.

캬오오오오!

이어, 이그닐의 입에서 황금 입자들이 모여들었다.

용의 전매특허라 불리는 '숨결'이다. 특히 이그닐은 그 이름에 따라 성현의 가호를 부여받았다. 일반적인 숨결이 아니라는 뜻이다.

이어 자그마한 입에서 강렬한 황금빛 줄기가 바닥을 가르며 튀어 나갔다.

콰아아아아아!

닿는 모든 게 파괴된다. 파괴된 잔재의 주변은 눈에 띄는 부식이 진행되어 있었다. 결코 회복할 수 없는 타격을 주는 것이다.

뒤늦게 암흑룡도 숨결을 내뱉었지만, 부족하다. 순식간에 암흑룡의 숨결이 반으로 쪼개지며 그대로 직격을 당했다.

쿵!

황금 기류가 사라지자 공간의 시간이 원래대로 돌아왔다.

이어, 암흑룡이 바닥에 쓰러졌다.

죽지는 않았다. 하지만 암흑룡의 오른쪽 어깨와 날개 한쪽이 완전히 찢겨 버렸다.

겨우 이그닐의 숨결의 궤도를 수정한 것인데, 생명은 지켰으나 회복이 쉽지 않을 부상을 입은 것이다.

용에게 날개란 품격과도 같은 것.

하물며 이그닐의 숨결은 '부식의 힘'을 담고 있었다. 한번 닿으면 되돌리기가 거의 불가능에 가깝다. 엘릭서라도 쓰지 않는 이상.

시이이이.

의기양양하게 콧김을 한 방 뿜어낸 이그닐이, 다시금 내 어깨 위로 올라와 볼에 자신의 뺨을 비볐다. 나는 톡톡 이그닐의 머리를 건드려 주었다.

그러자 갸르르르 소리를 내며 이그닐이 몸을 떨었다.

"이…… 버러지 같은 놈! 일어나라! 일어나!"

카르페디엠은 자신의 패배를 인정하지 못하고 있었다. 욕을 하고 발로 차며 암흑룡을 깨우려 했지만 암흑룡은 일어나지 않았다.

제로. 그는 아예 몸을 돌렸다. 진즉에 흥미가 식어버린 듯.

"재밌는 걸 보긴 했군."

"형편없기는."

"그라디아의 자식이 맞기는 한 건가?"

"쯧쯧, 왜 제로 님께선 저런 녀석을 휘하에 두고 있는 건지."

"오히려 저 황금용 쪽에 더 흥미가 생기는군."

데몬로드들도 제로를 따라 등을 보였다. 한마디씩을 남기고서.

홀로 남은 카르페디엠이 몸을 부르르 떨었다. 나는 천천히 다가갔다.

"카르페디엠, 약속을 어기진 않겠지?"

"……후회하게 될 거다. 마계 옥션이 끝나는 즉시, 네놈의 목을……."

"환영하마. 언제든지."

여유를 보이며 놈의 어깨에 달린 휘장을 가볍게 떼어냈다.

피식 웃고는 고개를 돌려 첨탑의 입구를 바라보았다.

충돌을 우려해 꽤 많은 숫자의 암흑 상인이 자리를 잡은 채 지켜보는 중이었다. 나는 그들을 향해 말했다.

"정당한 내기를 통해 획득한 물건이다. 팔아도 문제는 없겠지?"

"상회에 파는 거라면 문제가 될 건 없습니다."

공증을 받은 셈이다. 결코 부당한 수법으로 취한 물건이 아니라는 공증.

그리고 그 순간이었다.

[우리엘 디아블로와의 동화율이 1% 상승했습니다.]

[우리엘 디아블로와의 동화율이 76%입니다.]

뜬금없이 동화율이 올랐다.

우리엘 디아블로. 그도 통쾌했다는 뜻일까?

'앞으로 더 통쾌할 일이 많을 거다. 지켜보도록.'

고작 이런 일로 통쾌해해서야. 얼마나 형편없이 당했으면 이 정도 일에 동화율이 올라간단 말인가.

내심 혀를 차곤, 다시 정면을 마주 봤다.

그러곤 죽일 듯 나를 노려보는 카르페디엠을 향해 씽긋 웃어준 뒤 나도 발을 움직였다.

천천히 걸어 나가자 내 옆에서 라이라가 말했다.

"지지 않으실 거라고 믿었습니다."

"져도 상관없었다."

"예……?"

라이라가 어안이 벙벙한 표정을 짓는다.

이제는 이런 표정도 지을 수 있을 정도로 둘 사이의 격이 많이 없어진 상태였다.

멋쩍었지만 최대한 티를 안 내며 입을 열었다.

"어차피 놈의 것은 나의 것이나 마찬가지 아니겠느냐?"

카르페디엠의 목을 취한다. 이 마계 옥션이 끝나면, 모든 게 계획대로 진행된다면, 카르페디엠과의 전면전이 남았을 뿐이다.

거기서 승리하면 어차피 놈의 것이 나의 것이 된다는 이야기다. 설령 져도 다시금 반드시 찾아올 거라는 이야기를 나름 돌려서 말한 것이었다.

"아……."

이내 내 말의 저의를 깨달은 라이라가 작게 놀라곤 부드럽게 미소 지었다.

"그럼 저는 탑에 갇힌 공주님처럼 얌전히 기다리고 있으면 되겠군요."

얌전히 갇혀 있을 것 같진 않다만.

나는 말을 아꼈다. 굳이 한 마디 더해서 태클을 걸 필요는 없었다.

그래도 이 삭막하기 그지없는 공간에서 삭막하지 않게 있을 수 있다는 것만으로도 라이라는 충분히 능력을 발휘하고 있는 셈이다.

움직이는 발걸음이 무척이나 가벼웠다.

둘째 날.

경매가 열렸고, 어제보다 더한 중압감 속에서 경매는 진행되었다.

'휘장을 팔고 얻은 22만 포인트. 도합 37만.'

나는 암흑 상인들에게 카르페디엠에게서 얻은 휘장을 즉시 팔았고, 생각보다 많은 포인트를 챙길 수 있었다. 아마도 데몬로드의 아주 특징적인 물건이라 가격을 높게 쳐준 듯싶었다.

그 휘장은 카르페디엠을 대표하는 것 중 하나였으니까.

그렇게 도합 37만 포인트. 내가 이번 경매에서 사용할 수 있는 금액이다.

'본격적인 전쟁.'

주변의 분위기가 더욱 낮게 내려앉아 있었다.

어제와 달리 오늘이 '진짜'라는 듯이.

오늘은 주로 '노예'들이 나온다고 했다. 강력한 괴물들, 쉬이 접할 수 없는 종류의 종족이라는 건 대강 예상이 갔지만 얼마나 특색이 있기에 이만한 긴장감이 감돈단 말인가.

"오늘도 반갑습니다! 심연의 별들이시여!"

예의를 차리며 공작이 나타났다.

크리스탈 왕관이 어제보다 더욱 풍성해 보였다.

"마계 옥션의 둘째 날입니다. 오늘은 정말, 정말, 정말로 중요한 날이지요. 저희도 심혈을 기울여 준비한 것이 많습니다. 특히 들으시면 깜짝 놀랄 수준급의 노예도 마련이 되어 있습니다. 후후후, 빨리 소개해 드리고 싶군요."

공작이 능청스럽게 이야기를 진행했다.

"구구절절 시간을 끌 필요는 없을 것 같습니다. 그만큼 물건에 대한 자신감이 있기 때문입니다. 그럼 바로, 경매로 들어가겠습니다."

손에 든 지팡이를 빙그르르 돌리며 공작이 한쪽 손을 내밀고 반쯤 몸을 돌린 채 말했다.

"무슨 일이든 '처음'이 가장 중요합니다. 아주 우연한 기회에, 저희는 아주 좋은 괴물을 발견할 수 있었습니다. 아마도 로드분 모두가 생소하실 겁니다."

쿠르르릉!

바퀴 소리가 요란하게 퍼지며 곧 암흑 상인들이 거대하기 짝이 없는 철창을 운반했다.

철창 안에 든 건 뭐라 말로 형용하기 어려운 물체였다.

살점과 살점으로만 이루어진 저것을 생명체라 부를 수 있는 걸까?

"소개합니다. '뒤섞인 공포'라 불리던 괴물입니다."

공작은 자신만만한 미소를 지어 보였다.

하지만 그와 달리 나는 웃을 수 없었다.

웃을 수 있을 리가 없었다.

저 거대한, 그저 피륙으로 뒤덮인 괴물.

나는 저 녀석을 본 적이 있다.

'뒤섞인 공포……! 마왕의 살점!'

두근!

심장이 뛰는 게 아팠다.

세상이 잠시 샛노랗게 변하는 것만 같았다.

제기랄. 그날의 공포가 순식간에 나를 잠식했다.

한국이 사라진 날.

우리엘 디아블로의 강림이 결정타였지만 녀석은 죽었다. 나는 녀석을 죽였고 한국을 지켜냈다.

하지만, 끝내 지키지 못했다.

지킬 수 없었다.

어느 날 갑자기 떨어진 거대한 살점 하나가 한국을 멸망시켰다.

순식간에. 내가 어찌할 도리도 없이.

잠깐 자리를 비운 사이에, 고작 그 며칠 만에 모든 게 바뀌었다.

모든 이가 언데드로 변했다.

나는 친구를, 누군가의 가족을 내 손으로 죽일 수밖에 없었다.

칼날로 신체를 도륙할 때마다 나는 떨었다. 울었다. 어제까지 웃으며 나를 반겨주던 사람들이 적이 되어 나를 공격하고 있었기 때문에.

모든 원흉은 바로 저 녀석이다.

뒤섞인 공포. 마왕의 살점이라고도 불린 저 괴물!

애써 떠올리지 않고 있었던 그날. 그 빌어먹을 날.

나는 그 이후로 웃을 수 없었다. 웃지 않게 되었다.

'왜 저 괴물이 이곳에…….'

애써 정색을 했다.

마계 옥션. 오로지 데몬로드들에게만 물건을 파는 곳.

그렇다면 또 다른 데몬로드가 한국의 멸망에 기여를 했다는 뜻일까?

꽈아아악.

주먹을 쥐었다.

녀석을 본 순간 나는 겁을 먹었다.

그리고 그만큼의 분노도 생겼다.

결국, 과거는 잊고 싶다고 잊혀지는 게 아닌 모양이었다.

잊을 만하면 다시 이렇게 내 눈앞으로 나타나는 걸 보니.

"'뒤섞인 공포'는 주변의 모든 걸 잠식하고 증식합니다. 주어진 숙명 자체가 '증식'에 있는 듯 순식간에 포식한 존재를 언데드로 만들어버리지요. 그 언데드에게 죽은 생명체는 또 다른 언데드가 되어 '뒤섞인 공포'의 의지를 따릅니다."

공작은 아주 느긋하게 설명했다. 어제와 같은 어조가 아니다. 과장도, 축소도 하지 않는다. 있는 그대로 이야기해도 먹힐 거라는 걸 그는 자신하고 있었다.

"누가 만들었는지, 어찌하여 이런 '악의'가 존재하는지 저희는 알지 못합니다. 하지만 그 전염 속도는 감히 상상을 초월하며, 설혹 엘더 리치라 할지라도 이러한 증식은 불가능할 것입니다. 게다가 자아가 없기 때문에 혹여나 생길 수 있는 '문제'도 없지요."

뒤섞인 공포.

녀석이 원하는 건 그저 멸망이다.

그것만을 위해 만들어져서 자아가 필요 없다.

오로지 저것이 '모체'다. 뒤섞인 공포를 죽이면 녀석이 만든 모든 언데드가 죽지만, 죽이지 못하면 눈 깜빡할 사이에 군단이 불어난다. 정말 끔찍하기 그지없는 괴물이었다.

"5만 포인트부터 시작하겠습니다. 그 쓰임새에 관해서는 로드분들께서 각자 판단해 주시길."

우아하게 예의를 차리며 공작이 미소를 지었다.

다들 잠시 생각하는 시간을 가졌다.

나도 관심이 있었다. 대체 저 마왕의 살점을 어떤 미친놈이 한국에 투하했는지 말이다. 뒤섞인 공포만 아니었다면…… 적어도 그토록 허무하게 한국이 멸망하진 않았을 터였다.

내가 목숨을 걸고 지킬 수 있었을 것이다.

억울하고, 화가 나고, 그래서 슬픈 건 한국이 멸망하고 있을 때 나는 아무것도 하지 못했다는 무력감 때문이었다.

'나는 무력했다.'

당시의 패배감이 전신을 짓누른다.

한국이 멸망하고 난 뒤의 지옥도가 머릿속에 다시금 재생

됐다.

제기랄. 이건 내 마음 깊숙한 곳에 남은 트라우마다. 내가 그저 '영웅'이 되고자 했었던 이유였다. 동시에 영웅이란 단어의 부질없음을 깨달은 계기이기도 했다.

'하나 이제는 아니다.'

떨리는 손을 애써 쥐었다. 이를 악다물며 전장을 바라봤다.

저 거대한 살점. 저조차도 아직 다 성장한 게 아니다. 먹이만 있으면 끊임없이 성장하는 게 뒤섞인 공포였다.

한국이 멸망했을 땐 서울 도심을 전부 덮어버릴 수준이었으니.

"5만."

"안달톤 님! 간만의 참여이시군요. 반갑습니다."

안달톤 브뤼시엘.

내 바로 옆에 있는 중립의 데몬로드.

설마 녀석일까? 우리엘 디아블로의 죽음 이후 뒤섞인 공포를 한국에 투하한 게?

"6만."

"버뮤안 님께서 6만 포인트에 입찰하셨습니다!"

활발한 참여는 아니지만 가격이 조금씩 상승했다.

나는 심안을 열어 공포의 진실을 확인하고자 하였다.

이름: 뒤섞인 공포(value-269,000)

능력치:

힘 90 민첩 90 체력 90

지능 90 마력 90

잠재력(450/450)

특이 사항:

-자아가 없는 괴물입니다.

-끊임없이 먹어치우고 성장하며 또한 증식합니다.

-모든 감염원의 모체입니다.

스킬: 감염(9Lv), 종양 생성(9Lv), 거대화(8Lv)

능력치도 능력치지만 무엇보다 놀라운 건 스킬의 레벨이다. 특히 '감염'과 '종양 생성' 스킬은 준권능이라 칭해지는 9Lv에 도달해 있었다.

암흑 상인들도 이만큼의 자세한 내용까지는 모르는 듯싶었다.

알았다면 그러한 방향으로 설명을 했을 것이고, 더욱 많은 데몬로드의 참여를 불러일으킬 수 있었을 것이다.

예상은 했지만 실제로 보니 입맛이 썼다.

"16만."

"카르페디엠 님! 확실히 뒤섞인 공포는 '멸제'의 이름에 걸

맞은 괴물이라 할 수 있지요!!"

나는 그저 지켜보고 있었다.

누가 이 괴물을 사들이는지 알고 싶었다.

"더 안 계십니까? 더 안 계시면 16만 포인트에 로드 카르페디엘 님에게 낙찰됩니다."

더는 나서는 자가 없었다.

그저 '설명'만으로 뒤섞인 공포의 저 가공할 능력을 모두 알아차릴 수 있는 능력자는 이곳에서도 없었기 때문이다.

나도 그저 심안만으로 뒤섞인 공포를 파악했다면 '대단하다' 할 수 있을지는 몰라도 경악하며 몸을 떨어대진 않았을 것이다.

한데…… 카르페디엠이라.

'악연도 이런 악연이 없군.'

설마 멸제의 카르페디엠, 녀석이 한국으로 저 살점을 보낸 걸까?

그렇다면 정말로 찢어 죽여야 할 악연이었다.

그림은 그려졌다. 우리엘 디아블로와 카르페디엠은 적대적이었고 우리엘 디아블로가 한국으로 도망가자 그 뒤를 잡기 위해 카르페디엠이 저 살점을 보냈을 수도 있었다.

그러나 모든 피해는 인간이 보았다. 하기야 인간 따위는 아예 신경도 안 썼겠지만.

"3을 셀 동안 안 나오면 그대로 낙찰하도록 하겠습니다. 3, 2……."

"17만."

"오호호! 우리엘 님이 입찰하셨습니다!"

카르페디엠이 나를 노려봤다.

나 역시 놈을 바라봤다.

놈과의 내기에서 승리한 덕분에 여유자금이 22만 포인트가 불었다. 반대로 카르페디엠은 그다지 여유가 있지 않을 것이었다.

'내가 손발을 다 잘라 버렸으니까.'

이미 카르페디엠과 나는 전쟁 중이었다. 조금씩, 조금씩 나는 녀석의 손과 발을 잘라 먹었다. 흔히 말하는 돈줄과 구원 타자들. 야금야금 갉아먹어 지금 카르페디엠은 여유가 없다.

카르페디엠이 나를 알 듯, 나도 카르페디엠을 안다.

여기서 괜히 더 질렀다가 낙찰이라도 되면 아예 경매에 참여 자체를 못하게 될 것이다.

놈이 가졌던 것 중에 가장 값어치가 나갔던 휘장은 내가 팔아버렸으므로.

'어찌할 테냐?'

나는 어깨를 씰어 보였다. 카르페디엠이 휘장을 걸쳤던

위치.

그러자 카르페디엠의 표정이 일그러졌다.

예전과는 다르다.

가벼운 도발에도 반응할 정도로 나에 대한 증오심이 커졌다는 방증이었다.

처음 나를 보았을 때 보였던 능글맞음과 여유는 눈을 씻고 찾아봐도 보이지 않았다.

"자, 17만 포인트 나왔습니다. 더 안 계신다면 17만 포인트에 뒤섞인 공포가 낙찰됩니다!"

공작은 보란 듯이 카르페디엠 쪽을 향해 말했다.

애당초 '뒤섞인 공포'의 구매를 위해 입찰을 하는 데몬로드 자체가 적었다.

그저 비대한 살덩이. 먹어치우고 전염을 시킨다고 하더라도 그들의 기준으로 '격'이 있어 보이진 않았을 것이다. 커다란 슬라임처럼 보였을 수도 있겠다.

게다가 자아가 없으면 편하기도 하지만 불편하기도 하다. 그저 무작정 주변의 생명체를 공격한다면 주인이 되는 의미가 희미하다.

'네가 멸망을 지시한 괴물로, 너를 멸망시켜 주마.'

그러나 뒤섞인 공포를 경험해 본 나만이, 그 살점을 토막냈던 나만이 뒤섞인 공포의 제대로 된 활용법을 안다. 약점과 어찌 움직여야 할지도.

카르페디엠은 노려볼 뿐이었다. 더 참여하진 못했다.

나는 내심 미소를 지었다.

그래, 과거에는 지켜볼 수밖에 없었다.

하지만 지금의 나는 다르다. 지금의 나는 그 과거의 공포마저 내 스스로 조종할 수 있는 위치에 있었다.

한국을 멸망시켰던 저 비대한 살점을 데몬로드의 사냥을 위해 사용할 수도 있으리라!

"17만 포인트에 '우리엘' 님에게 낙찰되었습니다! 축하드립니다!"

두근! 두근!

심장이 거세게 뛰었다.

이제는 처음처럼 마냥 아프지만은 않았다.

나는 나의 위치를 적극적으로 활용할 것이다.

내가 겪었던 공포를, 그 모든 것을 적에게도 알려줄 것이었다.

오로지 그 하나만을 위해 나는 이 자리에 서 있었다.

경매는 계속 진행됐다.

구하고 싶은 모든 걸 구매할 순 없었지만 아홉 번째로 진행된 경매에서 내 이목을 끄는 게 나왔다.

"혹시 미믹을 아십니까? 상자처럼 생긴 이 괴물은 아주 낮은 확률로 특별한 보물을 품고 있다고 전해집니다. 이는 미믹이 특정한 상황에서 '균열'을 열 수 있기 때문에 벌어지는 일인데, 균열 속에 흘러다니는 무언가를 상자 안에 품게 되는 것이지요."

미믹이라 칭해지는 괴물은 그 숫자부터가 매우 적다.

어디서, 어떻게 생겨난 것인지 아는 이는 한 명도 없었다.

다만 미믹의 안에서 무엇이 튀어나올지는 아무도 모른다.

보물 혹은 괴물, 어쩔 땐 알 수 없는 잔해 같은 게 튀어나올 때도 있었다.

공작은 미믹을 내놓았다.

하지만 평범한 미믹은 아니었다.

"'카오스 미믹'이라고 불리는 괴물입니다. 지저 중의 지저에서 우연히 구해 온 특등품이지요. 안에 무언가를 품고 있는 것은 확인했습니다만, 그게 무엇인지는 저희조차도 알 수 없습니다. 하지만 결코 평범한 게 들어 있진 않을 겁니다."

말하자면 도박이다.

꽝이 나올 수도 있고 당첨 금액이 얼마 안 될 수도 있지만 보통 도박에 사용한 원금 이상의 이득을 볼 확률을 매우 적었다.

"특별히 1만 포인트에서 경매를 시작하겠습니다. 과연 이 안에서 무엇이 나올지는 저도 매우 기대가 되는군요!"

이런 '도박성'의 물건은 첫째 날의 경매에서도 몇 개 나왔다.

애당초 마계 옥션 자체가 날카로운 안목이 없고선 대부분이 도박과 같지만 이번에는 그 정도를 넘어섰다.

[강력한 마력의 방벽으로 둘러싸여 있습니다.]

['심안' 으로도 제한적인 내용만을 확인하는 게 가능합니다.]

이름: 카오스 미믹

종족: 미믹

특이 사항:

-알 수 없는 무언가가 들어 있습니다.

하물며 내 '심안'조차 제대로 먹히지 않았다. 내 심안이 먹히지 않는다면 다른 데몬로드들의 관찰 계열 스킬 역시 먹통일 가능성이 매우 높았다.

역시나.

주변의 반응은 냉랭했다.

아무리 1만 포인트라 할지라도 물 쓰듯 포인트를 쓸 수는 없었다. 그들 역시 포인트의 중요성을 알고 있는 게 분명했다.

'안의 내용을 확인할 수 없다면…….'

또 다른 수가 있긴 있었다.

우리엘 디아블로의 권능. 운명의 장난.

그로 인해 간단한 '확인'은 가능할 것이었다.

'5만 포인트 이상의 가치가 있나?'

[100:0]

내심 고개를 끄덕였다.

이 정도의 확인은 가능한 모양이었다.

최대한 깔끔하게 안의 내용물이 가진 '가치'를 파악하고자 한 것이다.

하여간 5만 이상이라면, 입찰을 할 수준은 되었다.

운명의 장난은 하루에 세 번 사용이 가능하니 더 확인을 해보자고 마음먹었다.

'20만 포인트 이상의 가치가 있나?'

[90:10]

일부러 크게 불러서 적정 수준을 맞춰볼 생각이었건만, 20만 포인트 이상의 가치가 있는 물건일 가능성이 무려 90%라고 한다.

가치라는 게 기준을 무엇에 두느냐에 따라서 달라지긴 하지만, 확실히 평범한 것이 들어 있진 않다는 뜻이었다.

그렇다면.

'30만 포인트 이상의 가치가 있는가?'

[50:50]

30만 포인트면 어지간한 건 다 살 수 있다. 당장 내가 가진 것 중에 30만 포인트에 가장 가까운 게 '라이라 디아블로'였다. 다 성장하면 모르겠지만 아직 이그닐도, 이타콰도 그만한 가치를 가지지는 못했다.

한데 30만 포인트 이상일 확률이 50%라고?

'꼭, 무슨 일이 있더라도.'

사야 한다!

물론 안에 든 것이 나를 공격할 수도 있었다.

하지만 그럼에도 이걸 놓쳐선 안 된다는 생각이 강하게 들었다.

"4만 포인트까지 나왔습니다. 역시 확인이 안 된 물건이다 보니 참여율이 저조하군요! 하지만 진정한 대박은 이런 것에서 나오는 게 아니겠습니까?"

공작이 열심히 입을 놀렸다.

공작은, 암흑 상회는 정말 카오스 미믹 안에 든 게 무엇인지 모르는 걸까?

그들이 하는 말을 모두 믿어선 안 된다고 몇 차례나 확인했다. 하지만 쉽게 놓칠 수 없는 유혹이었다.

“더 없으십니까? 그러면 이대로 4만 포인트에…….”

“5만.”

“아아, 우리엘 님! 굉장히 눈썰미가 좋으시군요!”

“6만.”

“타릴놈 님! 갑작스러운 출현이군요!”

“7만.”

“구아하르 님! 오오, 무슨 일일까요?”

나의 참여로 인한 간 보기는 이미 예상한 바였다.

하지만, 카오스 미믹은 육안으로도 스킬로도 확인이 불가능하다. 완전한 도박에 과연 어디까지 참여가 가능할까?

데몬로드의 입장에서도 만 단위의 포인트는 확실히 큰 지출이었다.

하지만 나는, 내 능력은, 그 도박에서의 승률을 확실하게 높여준다.

턱을 쓸었다. 약간이라도 고민하는 모습을 보인다. 나 역시도 확실하지 않다는 인상을 조금이라도 주기 위함이다.

이러한 약간의 변화만으로도 내 저의를 헷갈리게 만들 수 있다.

그리고.

"……8만."

"좋습니다! 우리엘 님! 자자, 더 안 계십니까? 후회하지 않을 것입니다!"

나는 작게 긴장했다.

더 이상의 경쟁은 무의미한 지출로 이어질 가능성이 높다.

참여했던 두 데몬로드는 나를 보고, 내 모습을 보며 조금 더 고민하다가 어깨를 으쓱했다.

더는 참여하지 않겠다는 무언의 의사.

"우리엘 님께서 8만 포인트에 카오스 미믹을 낙찰하셨습니다!"

낙찰이 확정되고 내심 안도의 미소를 지었다.

다른 이들은 그런 나를 의아한 눈빛으로 바라볼 따름이었다.

내가 구매하는 게 좋은 것이라는 확증은 아직 아무것도 없었다. 어쨌거나 이건 내가 처음 참여하는 공식적인 첫 경매였으니. 몇 가지의 소문과 심증만을 가지고 그저 도박을 할 순 없는 것이겠지.

물론 이 경매가 모두 종료되면 그 시선들은 어느 정도 확신으로 바뀌겠지만, 이미 경매는 끝난 다음이다.

이번에 얻은 이득으로 하여금 최대한의 효율을 얻고, 그리하여 격차를 벌리며 더 빠르게 달리면 그만이었다.

감히 쫓아오고 싶어도 쫓아올 수 없게끔!

남은 포인트는 15만.

기껏해야 한 가지. 운이 좋으면 두 가지 정도의 물건을 구매하는 데 그쳐야 하는 수치였다. 그리하여 나는 참고 또 참았다.

푸른 번개의 정령 프투가, 뒤섞인 공포, 카오스 미믹.

현재까지 내 손에 들어온 세 가지 무기.

그러나 이 세 가지의 공통점은 '좋지만, 대놓고 좋지도 않은' 것들이다.

프투가의 진정한 모습은 나만 확인할 수 있었고 뒤섞인 공포 역시 나만이 그 제대로 된 활용법을 알았다. 카오스 미믹은 아예 다른 이들은 파악조차 불가능했다.

말하자면 내가 충분히 공략할 수 있는 물건이었다는 뜻. 아니었다면 보다 많은 지출을 감내해야 했으리라.

문제는 '대놓고 좋은' 경매 물품이었다.

'아쉽구나.'

손가락을 빨며 구경을 할 수밖에 없었다. 보유한 포인트가 부족했다. 만약 이 정도의 물건들이 나온다는 것을 알았다면 더 필사적으로 포인트를 모았을 것이다.

다른 데몬로드들이 굳이 내가 참여한 경매에 목매지 않은 이유도 여기에 있었다. 도박을 할 필요가 없을 정도로 좋은 물건이 많은데, 뭐하러 위험을 감수한단 말인가.

"로드 제로 님께서 65만 골드에 '심연의 구도자'를 구매하셨습니다. 대부분의 로드분께서 참여한 경매였던 만큼 굉장히 치열했습니다! 저도 땀이 줄줄 나는군요!"

특히 지금 팔려 나간 심연의 구도자란 괴물. 종합 능력치만 510을 넘어서는 푸른빛의 기사였다. 나 역시 입찰을 하긴 했지만 터무니없이 올라가는 금액에 손을 털 수밖에 없었다.

어쩌면 이번 경매에서 나온 노예 중, 가장 '대놓고 좋은' 것이 바로 지금 낙찰된 심연의 구도자일지도 모르겠다.

제로는 심연의 구도자를 낙찰받자마자 아예 경매장을 나가 버렸다. 이제 더 이상 볼일이 없다는 듯.

'처음부터 이걸 노리고 있었던 건가?'

제로.

사대 파벌 중 하나의 수장.

멸제의 카르페디엠이 떠받드는 괴물 중의 괴물이다.

아마도 '마계 옥션'에 무엇이 나올지 대강 파악하고 있었던 모양이었다. 처음부터 노린 것만을 구매하고 가차 없이 경매장을 나가 버린 걸 보면.

계급이 높은 암흑 상인을 뒤에 두고 있는 듯싶었다. 나 역시 암흑인 크리퀴를 지배하긴 했지만, '마계 옥션'에 접근할 수 있는 권한이 부족했다.

이만한 물건이라니. 욕심이 났다. 다음 경매에서라도 독식이 가능하다면 몇 년의 차이 정도는 순식간에 따라잡아 버릴 것이었다.

'기다리자. 참고 인내해야 한다.'

나는 참을 인(忍)을 수도 없이 머릿속에 새겼다.

인정했다.

내가 구할 수 있는 건 '좋지만, 대놓고 좋지 않은' 부류뿐이다.

오로지 나의 능력으로 파악이 가능한 베일의 물건.

하지만 앞의 세 개와 같은 수준의 경매 물품이 나타난다면 반드시 손에 넣어야 한다.

적어도 앞으로 한 개는 더…….

그러니 욕심을 부려선 안 된다. 괜히 밑바닥을 보일 필요는 없다. 이제는 슬슬 자제하며 냉정히 관철해야 할 때였다.

'아직 남은 시간이 많다. 분명히, 오로지 나만이 그 가치를 알아볼 수 있는 물건이 하나쯤은 더 나올 것이다.'

이번 경매의 중심은 내가 아니었다.

약간의 뜬소문 정도로 잠깐 시선을 끌어모으긴 했지만

그뿐.

200만 포인트의 파급력도 점차 사라져 가는 추세였다.

애당초 '진성'이라 칭할 수 있을 정도의 격을 지닌 데몬로드는 나에게 큰 관심을 쏟지 않았다.

기껏해야 멸제의 카르페디엠이나 그와 비슷한 몇이 전부였다. 그러나 나는 오히려 이런 정도의 관심이 딱 좋았다.

'조용히 취한다. 내가 중심으로 나서는 건 나를 지킬 힘을 얻은 뒤다.'

지금은 잔잔한 바람 정도로 만족한다.

하지만 한번 거세게 불기 시작하면 거대한 시공의 폭풍이 되어 전역을 휩쓸어버릴 것이다. 그러기 위해선 참고 인내하며 빠르게 취해야 한다. 마치 사냥꾼의 그것과 다를 게 없었다.

사냥꾼이 사냥감이 포착되고 방심하는 순간을 진득하게 기다리는 것처럼.

"이번 물건은 정말 대단합니다. 어떻게 구했는지 저희도 참 신기할 정도입니다. '히드라'라고 불리는 생물을 아십니까?"

참는다.

"감히 이름을 듣자마자 입찰을 하실 수밖에 없을 겁니다. 천공의 지배자! 그리핀!"

참는다.

"저주받은 자! 다크 어벤저!"

참아야 한다.

"다음 날에 뵙겠습니다. 마지막 셋째 날의 경매에 모든 분들이 관심을 가져주시길 바랍니다. 마지막 셋째 날에 판매할 것은, 바로 '공간'입니다."

그리하여 마지막 날로 넘어갔다.

지켜보는 내내 손에 땀이 일고 머리가 어지러웠다.

강력하기 짝이 없는 괴물들을 데몬로드가 취할 때마다 적의가 들끓었다.

저들의 최종 목표. 저 괴물들이 어디를 침략할지 알고 있기에.

하지만 좋은 공부가 됐다.

나는 그 괴물을 모두 살폈다. 어떻게 대처해야 할지 계산해 두었다. 언제 공격해 와도 당황하지 않도록 하기 위함이었다.

더불어 데몬로드들의 성향과 가진 힘의 척도를 파악하고 그들과 나의 간극을 재어 보았다. 특히 멸제의 카르페디엠을.

보유한 평균 포인트는 둘째 날에 7만 포인트까지 내려갔다.

'조급해하지 말자.'

참을 인 세 번이면 살인도 참는댔다.

하나 둘째 날을 그냥 넘겨 버린 데에 대한 조급함이 찾아오지 않을 수 없다. 내가 구매할 수 있는 정도의 물건이 두 개 정도 나왔던 탓이다.

하지만 분명히 더 좋은 게 나오리라고 생각하며 조급함을 삼켰다. 혹여나 구하지 못하더라도 15만 포인트를 절약하는 셈이니 다음 기회를 노릴 수 있지 않겠는가.

그리고 마침내 셋째 날.

"자, 마지막 불꽃을 태워보겠습니다. 오늘 판매될 것들은 '공간'이라 말씀드렸지요? 아시다시피 셋째 날의 주제는 옥션이 열릴 때마다 매번 바뀌기에 저희도 주제를 선정하는 데 심혈을 기울인다는 걸 알고 계실 겁니다."

공간. 무슨 공간을 말하는 걸까?

공작을 주시하자 그가 당차게 웃었다.

"공간. 그중에서도 가장 값진 건 바로 '던전'일 것입니다. 맞습니다. 오늘 저희는 '던전'을 팔려고 합니다. 주인이 없거나, 혹은 주인에게 양도받은 아주 특이하고 매력적인 던전들을 말이지요."

던전을 판다?

생각도 해본 적 없는 경매 물품이었다.

던전이라는 걸 판다고 해도 판매가 될지도 미지수였다.

하지만 주변의 분위기를 보니 많은 데몬로드들이 '흥미'를 갖고 공작을 주시하는 중이었다.

"'위대한 별'에게 맹세하건대 저희는 이 모든 던전에 전혀 손을 대지 않았습니다. 있는 그대로 보존시켜 두었으며 저희가 찾지 못한 것들도 수두룩하지요. 과거 한 분이 던전을 구매하고 일곱 개의 봉인된 고대 괴물의 알을 구하신 것처럼 말입니다."

그러자 모두의 시선이 한 명에게 은연중 쏠렸다.

내 방향. 그러나 나는 아니다.

안달톤 브뤼시엘.

그는 여태껏 단 한 번도 경매에 참여하지 않았다.

그런데도 꾸준히 자리를 지키고 있었다.

오로지 오늘 경매에 참여하기 위해서란 의지가 엿보였으나, 설마 그런 일이 있었을 줄이야.

공작이 계속해서 말했다.

"물론, 그런 경우는 무척 드물고 보통은 던전의 특성과 같은 것을 많이 보시지요. '던전 코어'가 무엇인지, 그 던전의 성향에 걸맞은 괴물은 또 무엇인지, 투자할 가치가 있는지, 그리하여 자신의 영지를 방어하거나 전진기지로도 사용하는 등 매우 폭넓은 활용도를 보입니다."

던전은 보통 방어의 용도다.

무언가를 숨기거나, 혹은 자신을 지키고자 던전을 만든다.

반대로 공격의 용도가 되기도 한다. 말하자면 쓰기 나름이었고, 놓인 위치에 따라 그 역할도 가지각색이었다.

하지만 의문은 남는다. 그러려면 마음대로 던전을 옮길 수 있어야 한다. 그런 게 가능하단 말인가?

곧이어 암흑인들이 작은 구슬 하나를 운반했다.

투명한 구슬 안쪽은 지글지글 타오르는 불길로 가득 차 있었다.

설마 저게 던전이라고?

"이 구슬은 재차 설명해 드리자면 저희가 개발한 공간 이동형 마법의 정수입니다. 단 한 차례 공간의 좌표 자체를 바꿔 버릴 수 있습니다."

공작이 짧게 설명을 끝내곤 이어서 말했다.

"그럼, 시작하겠습니다. 처음 선보일 던전은 꽤 신기한 곳입니다. 수백 개의 화산으로 이루어진, 그야말로 '불'을 키우기에 적합한 '인페르노 던전'입니다. 시작가는 5만 포인트입니다!"

"5만."

"바로 달리시는 겁니까? 안달톤 브뤼시엘 님!"

나는 가만히 구슬을 바라봤다.

이동형 던전이라는 것도 생소했지만 저 구슬에 담긴 느낌이 굉장히 묘했다. 단순한 공간 이동이 아닌, '균열'을 바라보는 듯한 기분.

나는 천천히 심안을 열었다.

[새로운 던전 정보가 갱신됩니다.]

이름: 인페르노 던전

등급: 6Lv

넓이: 302.18㎢

특이 사항:

-157개의 화산이 존재합니다.

-5개의 층으로 구성되어 있습니다.

-화(火)의 기운이 강성합니다. 하급 불의 정령이 매우 많습니다.

-균열의 힘으로 인한 좌표 설정이 되어 있습니다.

고개를 끄덕였다.

구슬로 던전을 압축해 놓아서인지 심안을 열자 그 정보가 단번에 떠오른 것이다.

동시에 상당히 놀라고 말았다.

일단 던전의 크기가 서울시의 절반만 했다. 오로지 '불'을 위한 장소인 걸 특이 사항만 봐도 알 것 같았다.

'균열의 힘으로 인한 좌표 설정?'

아아.

그제야 나는 저 구슬이 '던전 자체'를 옮기는 게 아니라 '던전의 입구'를 옮기는 것임을 깨달을 수 있었다.

하기야 저만한 크기의 공간을 구슬 하나로 옮긴다는 게 좀 이상하긴 했다. 입구만 옮기는 것이라면 이해가 되었다.

다만, 궁금증이 드는 것도 사실이었다.

'심연을 벗어나서도 입구를 설치하는 게 가능한가?'

과거 지구에 생겨난 몇 개의 던전이 있었다. 그것도 저러한 구슬로 인해 나타난 것이라면 어느 정도 가능성은 있다고 보았다.

그리고 그것이 가능하다면…… 더욱 쉽게 심연과 지구의 것들이 오갈 수 있을 터였다. 물론 그에 따른 위험성도 증가하겠지만 해볼 만한 작업이었다.

'던전은 안달톤 브뤼시엘이 싹쓸이해 가는군.'

순식간에 다섯 개의 던전을 구매했다. 그냥 나오는 족족 다 사들였다. 오로지 오늘을 위해 포인트를 전혀 사용하지 않고 있었던 것이다.

내 포지션은 같았다.

오로지 하나만을 위한 기다림. 몇 번 떡밥을 던지듯 참여하긴 했지만 낙찰로 이어지진 않았다.

"벌써 일곱 번째 던전이로군요. 이번 던전은 약간 특이합니다. 자연 생성된 던전은 결코 아닌데, 그렇다고 인위적으로 손이 닿은 흔적도 없습니다. 그러나 그 웅장함에 있어선 다른 던전들을 능가하지요. 이름은 없습니다. 구매하시는 분이 붙여주시길. 시작가는 3만으로 하겠습니다."

시작가가 낮다. 크기를 제외하면 그다지 참고가 될 만한 게 없다는 뜻이다.

[새로운 던전 정보가 갱신됩니다.]

이름: 없음

등급: 5Lv

넓이: 1204.22㎢

특이 사항:

-10개의 층으로 구성되어 있습니다.

-자연의 기적으로 인해 모든 기운이 조화롭게 순환하고 있습니다.

-지하에 다량의 천연자원이 매장되어 있습니다.

-특별한 힘을 지닌 보석들이 극소수 매장되어 있습니다.

-특별한 힘을 지닌 던전 코어가 숨겨져 있습니다.

-균열의 힘으로 인한 좌표 설정이 되어 있습니다.

아……!

하지만 심안을 열고 설명을 읽자마자 나는 작게 전율할 수밖에 없었다.

기다리고, 또 기다리자 드디어 나타났다.

내가 집중해야 할 단 한 가지!

마치 깨달음을 얻은 것만 같은 기분이었다.

오로지 이 하나를 위해, 이 순간을 위해 나는 참고, 또 참았던 것이라고!

하지만, 이 역시 내색해선 안 된다. 나는 그저 흘러가는 물처럼 잔잔하게 던전이 담긴 구슬을 바라보고 있었다.

어떠한 정보도 던져 줄 필요가 없기에.

'다량의 천연자원. 그리고 특별한 힘을 지닌 보석.'

하나하나를 되짚어 보면 '데몬로드'의 입장에선 그다지 좋은 편성은 아니다. 그들이 무엇을 위해 천연자원이 필요하겠으며, 아무리 특별한 보석이라 할지라도 그 쓰임새는 '인간'에게 집중되어 있었기 때문이다.

이곳에 있는 어떤 데몬로드도 심연의 어떠한 괴물들도 '특별한 보석'으로 인한 능력치의 증가를 받지 않고 있었다.

루비, 토파즈, 에메랄드, 사파이어, 다이아몬드!

차례대로 힘과 민첩, 체력, 지능, 마력을 나타내는 보석의 종류였지만 이것을 가지고 활용할 수 있는 건 적어도 심연의 괴물들은 아니었다.

'구할 수만 있다면.'

반면에 인간에게 있어선, 나에게 있어선 미칠 듯이 탐나는 던전이다.

다량의 천연자원은 현 시국에서의 힘이 된다. 앞으로 본격적인 싸움이 시작되면 바다에 배를 띄우는 것조차 힘들게 되며, 하늘 역시 수많은 괴물에게 유린당할 것이었다.

'외교의 단절. 이상 집단들의 발생.'

흔히들 한국은 기름 한 방울도 안 나는 나라라고 하는데, 틀린 말은 아니다. 외교가 단절되면 가장 문제시되는 게 자국 스스로가 자생할 수 있느냐는 점이었다.

과거엔 그게 안 돼서 이상 집단들이 수없이 발생하고 치안 문제가 극도로 예민하게 대두되었다.

하나 식량 문제는 지금부터라도 농작지를 넓혀가면 된다. 하지만 천연자원은 아무리 보관해도 한계가 있었다.

그런데 던전에서 다량의 천연자원을 구할 수 있게 된다면 현재와 미래를 동시에 잡을 수 있게 되는 것이다.

'보석은 무슨 일이 있어도 구해야 한다.'

괴물을 잡으면 극한의 확률로 나오는 보석의 종류.

나 역시 돌아온 뒤로 '최하급 루비' 하나만을 구했을 뿐이다.

보석은 장비를 강화시켜 주며 인간의 한계 능력을 넓힌다. 구할 수만 있다면 반드시 구해야 할 '특별한 보석'이건만, 그게 던전에 묻혀 있다고?

“3만.”

“안달톤 님께서 입찰을 시작하셨습니다! 이번에도 안달톤 님이 던전을 낙찰하실 수 있을까요?”

공작은 다소 도발적인 언행으로 안달톤 브뤼시엘을 불렀다.

여태껏 모든 던전을 그가 구매했기 때문이다.

나는 긴장하지 않을 수 없었다.

‘여태껏 안달톤 브뤼시엘이 사용한 포인트는 45만 남짓.’

얼마나 남았을까?

계속해서 다 구매할 정도의 여력이 있는 건가?

데몬로드들의 평균 포인트 보유현황은 4만을 가리키고 있었다.

지금 모든 데몬로드가 소유한 포인트의 합계는 고작 288만 정도라는 뜻이다. 아마도 10만 이상의 포인트를 보유한 데몬로드는 열 명 남짓일 것이었다.

‘지난 이틀간 진행된 경매에서 대부분의 데몬로드의 한계점을 알아봤지. 안달톤 브뤼시엘과 나를 제외한 데몬로드들이 대략 230만 포인트를 소유하고 있을 터.’

입찰 경쟁은 그들이 보유한 포인트를 알 수 있는 기회이기도 했다.

나는 모든 이의 '한계점'을 보다 자세히 살폈고, 그래서 알 수 있었다.

안달톤이 못해도 30~40만 포인트를 지니고 있으리라는 걸.

도합 70~80만 포인트 이상을 처음부터 가지고 있었던 셈이다.

'어마어마하군.'

계산을 끝내고 혀를 내두를 수밖에 없었다.

그만한 포인트를 대체 어디서 구한 걸까?

나도 상회를 운영하며 많은 포인트를 구했다고 하지만, 오로지 '포인트 모으기'에 혈안이 되어서 가능했던 수치다.

하지만 안달톤이나 다른 데몬로드들은 내정에, 영지의 유지에, 혹은 더욱 강한 힘을 보유하고자 계속해서 투자를 이어나가고 있었다.

아직 갈 길이 멀다는 뜻.

'내가 가진 포인트는 15만.'

하여간 확실한 건 정면으로 싸워선 상대가 안 된다.

수를 내야 했다.

"4만."

"로드 나플림 님께서 입찰하셨습니다."

"5만."

"로드 안달톤 님이 빠르게 재입찰하셨습니다! 자자, 더 없으십니까?”

확실히 경쟁자가 없다. 찔러보는 자도 있긴 했지만 그뿐이었다. 아예 던전의 경매에 흥미가 없는 데몬로드도 있었고, 단순히 ‘넓기만 한 던전’을 굳이 구매하려고 하는 자는 더 적었다.

“더 없으시면 이대로 이 던전의 낙찰이 결정됩니다. 셋을 세겠습니다. 하나, 둘.”

“6만.”

“로드 우리엘 님! 왜 안 나오시나 했습니다!”

“7만.”

“다시 안달톤 님!”

묘하게 템포가 빠르다.

재입찰이 무섭게 이뤄지고 있었다.

안달톤 브뤼시엘. 설마 무언가를 알고 있는 건가?

‘던전의 정보를 파악하는 능력이라도 지녔나?’

데몬로드에 관해선 ‘심안’도 만능이 아니다. 제한적인 정보만을 출력할 수 있었다. 몇 가지 스킬은 볼 수 있을지 몰라도 전부를 파악하는 건 불가능하다.

‘하지만 그런 능력을 지녔다면 굳이 전부를 살 필요가 없다.’

그는 모든 던전을 다 구매하고 있었다.

하나도 빠짐없이. 첫째 날, 둘째 날 경매엔 아예 관심도 안 주고서 말이다.

“7만 포인트 나왔습니다. 더 입찰하실 분이 안 계시면…….”

“8만.”

“휘유! 우리엘 님, 작심하셨군요! 확실히 넓은 던전이 하나쯤 필요하긴 하지요.”

“9만.”

“뜨겁습니다! 안달톤 님께서 다시 재입찰을!”

빠르다. 묘하게 빠르다.

이전 경매에서의 재입찰 속도보다 반 박자 정도 빨랐다.

나는 시간을 다 소모하여 고심하는 척을 하며 행동에 옮겼지만, 그는 반드시 이 던전을 구매할 것처럼 보였다.

‘과거 그는 던전을 통한 이득을 보았다. 유일하게.’

그런데 다른 데몬로드들의 참여가 저조하다.

왜?

빈 던전을 사 봤자 공간만 차지할 뿐이기 때문이다.

관리하는 데 들어가는 수고로움 등을 계산하면 거기서 이득을 보는 경우는 거의 없었다.

‘오히려 골칫덩어리겠지. 다른 데몬로드들이 굳이 입찰에서의 유도를 안 시키는 걸 보면 알 수 있다.’

본래라면 찔러보기 식으로라도 입찰가를 올렸을 그들이다.

하지만 그런 의도가 거의 보이지 않았다.

던전을 구매하면 필수적으로 들어가는 관리 비용 등의 이유로 가만히 놔둬도 힘이 약체화되니.

한데, 안달톤 브뤼시엘은 이득을 봤다.

그리고 이번 경매에서도 이득을 취하려 한다.

언뜻 보면 복권에 당첨된 사람이 계속해서 무모하게 복권을 사려는 것처럼 보인다.

하지만 정말 그럴까?

아무런 확신도 없이 그저 뛰어든 것뿐일까?

'뒤에 남은 던전을 정말로 모두 구매할 생각이라면.'

10만 포인트 이상은 그도 부담이 될 것이었다.

그래서까지 도박을 할 정도로 어리석은 자는 아니었다. 그저 무모했을 뿐이라면 라이라가 굳이 그의 이름을 언급하진 않았을 것이므로.

"10만."

나는 안달톤 브뤼시엘에게 시선을 옮겼다.

어찌 나올 것인가. 자존심 싸움처럼 보이기도 해서 다른 데몬로드들이 꽤 흥미를 가지고 지켜보는 중이었다.

그러자, 그는 공작이 입을 열기도 전에 말했다.

"13만."

……아.

단번에 내 한계 영역까지 들어왔다.

그리고 깨달았다.

이자, 안달톤 브뤼시엘.

그는 나처럼 다른 데몬로드들을 살피고 '한계점'마저 계산을 완료한 게 분명했다.

동시에 나의 '200만 포인트설'이 가짜임을 간파하고 오히려 지금 부른 13만 포인트 근처가 한계일 것이라고 명확히 인지하고 있는 것이다.

또한, 이 던전의 값어치 역시 알아본 게 틀림없었다.

'데몬로드들에게 그다지 득이 될 건 없을진대.'

당장 위에 나온 천연자원과 보석은 데몬로드들에게 '하등 쓸모가 없는' 것들이었다.

한데도 안달톤 브뤼시엘은 이 던전을 구매하고자 한다.

'숨겨진 특별한 코어.'

그것을 나보다 더 명확하게 인지하고 있는 건가?

진정한 값어치가 거기에 있노라고 말하는 듯싶었다.

제기랄.

이제 내가 입찰할 기회는 한 번뿐이다.

14만을 부르고, 그가 다시 15만으로 재입찰을 한다면 더 이상 참여할 기회조차 없다.

'너무 만만하게 보았다.'

안달톤 브뤼시엘이 모든 던전을 사려고 하는 이유.

의심을 지우기 위해서다. 이제야 알았다. 그 역시 심리전을 유도하고 있다는 걸.

이런 특수한 정보는 오로지 나만 알아볼 수 있다고 자만했다. 이럴 줄 알았다면 더욱 노련하게 발악하며 조금씩 포인트를 모을 수도 있었을 것이다.

더 낮은 가격에 낙찰을 받고, 그래서 자금을 늘리는 방향으로 갔다면…….

내심 고개를 저었다.

이미 지나간 일이다. 현실도피일 따름이었다.

"치열합니다! 13만 포인트가 나왔습니다. 어쩌면 이 던전엔 엄청난 게 들어 있을지도 모르겠군요! 더 안 계십니까?"

공작은 노골적으로 나를 바라봤다.

안달톤 브뤼시엘. 그가 구매를 작정했다면 내가 어떠한 심리전을 걸어도 소용이 없다. 무슨 말을 하고 무슨 행동을 보이든 그는 던전을 구매할 것이다.

"14만."

"후호오오! 좋습니다. 14만 포인트! 저희는 이런 열기를 원했습니다!"

공작이 과도하게 액션을 취했다.

그저 입찰가를 높여 1만 포인트라도 안달톤 브뤼시엘이 손해를 보도록 만드는 게 내가 할 수 있는 유일한 일이었다.

그런데…….

조용했다.

즉시 재입찰이 이뤄지지 않고 있었다.

'왜지?'

재차 안달톤 브뤼시엘을 바라보았다.

그는 미소 짓고 있었다.

명백하게 나를 바라보며.

언뜻 보면 비웃음이지만 비웃음이 아니라는 걸 안다.

저건 흥미의 미소다.

재미있다는 듯.

"우리엘 님께서 14만 포인트에 입찰하셨습니다! 더 안 계십니까?"

마지막까지 지켜봤다.

저 흥미가 농락으로 다가올 수도 있는 노릇이었다.

"셋을 세겠습니다. 3."

1초가 굉장히 느리게 흘러가는 기분이었다.

"2."

왜 참여를 안 하는 거지?

왜 그런 미소와 함께 나를 바라보느냔 말이다.

내가 진짜로 200만 포인트를 가지고 있지 않다는 걸 그는 알고 있을 것이었다.

싸우면 자기가 이긴다고 확신 또한 하고 있으리라.

"1."

마지막 순간까지 긴장의 끈을 놓지 않았다.

그리고.

"축하합니다! 14만 포인트에 우리엘 님께서 던전을 낙찰받으셨습니다!"

낙찰을 받았다.

동시에, 안달톤 브뤼시엘이 말했다.

"우리엘 디아블로. 역시 너는 흥미로운 녀석이로군."

위대한 별에서 마주쳤을 때 그는 내게 이름을 물었다.

그리고 그 이름을 잊지 않고 있었던 것이다.

모든 경매가 종료될 때까지 나는 안달톤 브뤼시엘의 저의를 알 수가 없었다.

다만, 한 가지 확실한 건.

'양보했다.'

그가 나에게 '양보'했다는 것.

알고 있으면서도 넘어가 줬다는 것.

모든 걸 쥐어짜 낸 데에 대한 나름의 예의였다는 것…….

'안달톤 브뤼시엘.'

나 역시 그 이름을 더욱 철저히 새겨 넣었다.

라이라의 말마따나 친하게 지내서 나쁠 건 없을 듯했다.

그러나 그가 적으로 돌아선다면 매우, 매우 피곤해질 것만 같다는 생각이 강하게 들었다.

마계 옥션이 끝났다.

총 3일간 내가 낙찰받은 건 네 가지.

푸른 번개의 정령 프투가, 뒤섞인 공포, 카오스 미믹, 그리고 이름 없는 던전.

영지로 돌아오자 낙찰받은 모든 물건이 이미 전달되어 있었다.

「크투가의 냄새를 풍기는 이여. 우리의 신이 어디 있는지 그대는 아는가?」

"여기엔 없다."

불과 푸른 번개의 정령 프투가.

나는 그와 계약을 했다. 그리고 적잖게 놀라는 중이었다.

'능히 최상급 정령에 비견되겠군.'

최상급 정령은 과거에도 몇 차례 본 적이 없다. 일단 인류가 최상급 정령과 계약을 맺은 일 자체가 없었고, 유일하게 엘프의 여왕이었던 엘더 엘프가 최상급 대지의 정령과 계약을 맺은 바가 있었다.

순식간에 산 하나를 만들어내는 가공할 능력. 십수 킬로미터의 땅을 단번에 파내어 적들을 유린하는 모습을 보고 전율한 적마저 있었건만.

프투가는 그에 비견될 만했다.

계약과 동시에 느낀 불과 번개의 힘은, 마음만 먹는다면 모든 것을 태우고 불사를 수 있을 듯했다.

「그럼 어디에 있지?」

“내가 아는 건 그의 힘이 담긴 돌뿐이다. 그 돌이라도 원한다면 머지않은 시기에 볼 수 있을 것이다.”

크투가의 힘이 담긴 돌.

지금은 지구에서 모루로 쓰고 있었다.

「알겠다.」

프투가가 순순히 물러났다.

나와 계약을 하게 된 이상, 내가 거짓을 말하고 있지 않다는 걸 그도 알고 있을 터였다.

다음은…… 뒤섞인 공포.

산처럼 거대한 살덩이가 성 외곽에서 꾸물거리고 있었다.

‘멸제의 카르페디엠을 상대할 히든카드.’

야차나 용병들에게도 최대한 가까이 가지 말라고 신신당부를 했다.

근처에 가면 적군, 아군 관계없이 다 먹어치우려는 습성이 있었다.

말도 안 듣는다.

굳이 말하자면 뒤섞인 공포는 '폭탄'에 비유할 수 있을 것이다.

폭발시키길 바라는 지역에 그저 투하만 하면 된다. 그러면 알아서 터지고 주변을 몰살시키는 게 바로 저것이었다.

나는 다시 고개를 돌렸다.

'카오스 미믹.'

바로 옆에 비치해 둔 검은 색깔의 상자.

'운명의 장난'으로 점친 결과, 30만 포인트 이상의 가치를 가진 물건을 품고 있을 가능성이 50%였다.

대체 무엇이 들어 있을지 상상도 되질 않았다.

이득이 될지, 이득이 되지 않을지 확신조차 할 수 없지만, 그럼에도 열어봐야 한다는 점은 변할 바가 없었다.

'일단 멀리 떨어진 곳에서 열어봐야겠군.'

뒤섞인 공포처럼 그저 파괴만을 일삼는 무언가가 나온다면 애써 지은 성이 날아가 버릴 수도 있는 노릇이었다.

나는 카오스 미믹을 통째로 들고, 이동하기 시작했다.

그리고 영지를 완전히 벗어난 뒤에야, 아무것도 없는 황무지의 중심에서 나는 침을 꿀꺽 삼키며 카오스 미믹을 열었다.

32장
이그닐(1)

끼이익-

소리와 함께 숨을 죽였다.

이 상자는 생명체다. 미믹이라 불리는 괴물의 종류였다. 하지만 나라는 존재의 압도적인 격의 차이에 그저 얌전히 안의 내용물을 드러낼 수밖에 없었다.

그리고 이내 보인 속살은 전혀 예상하지 못한 것이었다.

'유골?'

이맛살을 구겼다.

장비도 생명체도 아니다.

뼈. 어느 종족의 것인지 모를 유골이 카오스 미믹의 내부에 자리하고 있었다.

이미 살점은 온데간데없고 오로지 머리의 유골만이 존재했다.

크기는 작다. 인간의 머리라고 보기에도 조금 더 작았다.

이 유골이 정말 30만 포인트 이상의 값어치를 가지고 있단 말인가?

'심안.'

궁금증이 생겼다. 즉시 나는 제삼의 눈을 열었다.

그러자.

[알 수 없는 힘에 의해 '심안(9Lv)'의 기능이 발휘되지 않습니다.]

[알 수 없는 힘에 의해 마력이 제한됩니다.]

이건 대체 무슨 소리인가.

지금의 나는 오한성의 몸이 아니다. 우리엘 디아블로. 무려 데몬로드의 신체를 가지고 이곳에 자리하고 있는 것이다.

수십억, 수백억의 괴물이 살아가는 심연. 그곳에서조차 정점에 있는 존재가 데몬로드이건만.

그런 나를 제한하는 힘이 있을 수 있단 말인가?

'답답하다.'

유골을 보고 심안을 발동한 그 순간부터 가슴이 답답했다. 대관절 이 유골이 무엇이기에 죽어서도 이만한 기능을 보이는 건지. 심장을, 전신을 굵은 사슬이 옥죄이고 있는 것만 같았다.

아카식 레코드. 우주의 정보를 담은 그 기능도 발휘하지 않았다. 그야말로 '알 수 없다'는 게 최종적인 결론이었다.

하지만 분명한 건.

'지고한 존재. 적어도 데몬로드와 동급, 혹은 그 이상의.'

하!

나는 유골을 들었다.

그리고 정면으로 쳐다봤다.

"너는 누구지?"

말을 해도 답이 들려올 리 없음을 안다.

답답해서 물어본 것이다.

역시나 돌아오는 말은 없었고, 나는 천천히 힘을 주어보았다.

'단단하다.'

손에서 핏줄이 돋았다.

온 힘을 주어도 꿈쩍을 안 한다.

세상에. 108의 힘으로도 깨지지 않는 뼈라니.

이 정도면 현철보다 단단하다고 할 수 있겠다.

대관절 뭐하는 존재인지 궁금증만 더 커졌다.

'깎을 수만 있다면 세계에서 가장 단단한 검을 만들 수 있

겠군.'

문제는 그것도 쉽지 않을 것 같다는 점이다.

데몬로드의 힘으로도 흠집 하나 안 나는 걸 어떻게 깎아낸단 말인가.

끼룩?

한참을 씨름하고 있자 지척에서 이그닐이 날아왔다.

이그닐은 즉시 내 어깨 위로 앉더니 나와 함께 유심히 유골을 바라보았다.

"너는 이게 무엇인지 알겠느냐?"

끼루룩.

이그닐이 고개를 저었다. 하기야 나도 모르는 걸 녀석이 알 리 만무하다.

다만, 나조차도 꺼려지는 이 유골을 앞에 두고 이그닐은 평상시와 같았다. 오히려 유골에 약간의 관심을 가지고 있을 정도였다.

'꽝인가.'

하여간 지고한 존재의 뼈이든 혹은 또 다른 것이든 당장은 쓸 수 있는 데가 없다. 수십만 포인트를 호가하는 가치를 가지고 있다고 하더라도 쓸 곳이 없으면 꽝이다.

혹여나 나중에 제물을 바칠 일이 있으면 또 모르겠지만.

당장은 그럴 일이 없었다.

샤. 샤아아.

이그닐이 날갯짓을 하며 유골 근처를 마구 날았다. 마치 새로운 장난감을 발견했을 때와 같은 천진난만함이다.

"가지고 싶으냐?"

샤!

이그닐이 열렬하게 꼬리를 흔들었다. 나는 내심 아쉬움을 토로하며 유골을 이그닐에게 건넸다.

"비싼 거니 조심히 다뤄라."

그래도 세상일은 모르는 거다. 유독 이그닐이 관심을 보이니 무언가 다른 효과가 있을지도 모르고, 나중에 쓸 일이 생길 수도 있으니 조심히 다루기를 당부했다.

이그닐은 신이 났다. 골골대며 이빨로 유골을 물고는 주변을 배회했다.

'다음은 던전이다.'

내가 구매한 건 모두가 '대놓고 좋지 않은 물품'이었다. 네 개 중에 한 개 정도는 꽝이 있을 수도 있다.

애써 고개를 끄덕이며 던전의 입구가 담긴 구슬을 쥐었다.

일단은 내 '영지'에 설치하고 살펴봐야겠다.

영지로 던전의 좌표를 옮기자 그 순간 구슬이 사라지며 거대한 산 하나를 만들었다.

산의 중심부엔 커다란 입모양처럼 생긴 동굴이 나 있었다.

이게 입구다.

'이런 식으로 좌표를 옮기는군.'

한 차례 좌표를 옮기면 사라진다는 단점이 있기는 하지만 설치하고 좌표를 알게 된 이상 던전의 '문'을 지구로 옮길 방법은 충분히 많았다.

어쨌거나, 이 거대한 산은 던전의 일부에 불과했다.

"혹시 모를 위험이 있을 수 있으니 내가 먼저 들어가 보마."

"정말 혼자서 괜찮으시겠습니까?"

"괜찮다. 누가 나를 해하겠느냐?"

라이라 디아블로. 그녀가 걱정스러운 눈빛으로 나를 바라봤다.

내심 피식 웃고 말았다. 이런 던전에 무슨 위험이 있어서 나를 위협한단 말인가. 적어도 이 심연에서 지금의 나를 위협할 수 있는 존재는 같은 데몬로드 정도밖에 없었다.

게다가 이 던전은 전략적 요충지가 될 가능성이 높다.

정말 지구와 연결이 가능하다면 나만이 알고 있는 길을 개척할 필요가 있었다.

'균열을 통해 옮길 수 있는 건 5레벨 이하의 무언가다. 이 던전 역시 5레벨이니 충분히 입구를 옮기는 게 가능할 것이다.'

하지만 문제점도 있었다.

인간이 던전을 통해 심연으로 들어오면 백이면 백 모두 죽는다.

일단 라이라가 살려두지 않을 것이다. 그녀는 인간을 벌레처럼 보고 있었으니까.

설령 내가, 오한성의 몸으로 온다고 하더라도…….

침음을 삼켰다.

영원히 서로 외면할 순 없었다. 언젠가, 그게 언제일진 모르지만, 분명히 서로가 서로에게 더 강렬한, 소용돌이와 같은 영향을 끼칠 날이 올 것이다.

'쉽게 올라올 수 없도록 조치는 취해야겠군.'

내심 고개를 저었다.

그건 그때 가서 고민할 문제였다.

당장은 던전의 내부를 살피는 게 급선무였다.

던전의 안으로 발을 옮겼다.

['무명의 던전(5Lv)'에 입장했습니다.]

[던전 마스터로 등록되었습니다. 던전의 이름을 정하시겠습니까?]

이름이라.

"잠자는 별."

['무명의 던전'의 이름이 '잠자는 별의 던전'으로 바뀌었습니다.]

내 이름이다. 오한성. 잠잘 한(睅), 별 성(星). 그러고 보면 나는 참 별과 인연이 많다. 위대한 별이라느니, 육망성의 별이 그려진 반지도 그렇고 말이다. 남에겐 보이지 않는 '별'들이 내게 하나둘 모여드는 그런 기분.

하여 적당하게 이름을 지었다. 어차피 누구도 알아보지 못할 뜻이므로.

심연, 나의 영지와 이어진 층은 당연히 10층이었다.

'숨겨진 던전 코어가 있다고 했지.'

내가 찾고자 하는 것은 바로 그 던전 코어였다.

'안달톤 브뤼시엘. 그가 노린 건 분명히 정체를 알 수 없는 던전 코어다. 녀석은 내가 모르는 것을 알고 있는 눈치였다.'

안달톤 브뤼시엘. 중립의 데몬로드이며 정점과 가장 가까운 존재 중 하나.

그는 모든 던전을 사들이는 듯했지만, 교묘한 심리전술이었다.

결국 그가 바라던 건 지금 내가 서 있는 이 던전일 가능성이 높았다.

그는 적어도 심안과 비슷한 스킬을 가지고 있거나, 던전의 정보를 알 수 있는 무언가를 보유하고 있는 게 분명했다.

천연자원이나 보석이 필요할 리는 없으니, 결국 남은 건 던전 코어다.

하지만 그는 그것도 양보했다. 이유는 알 수 없다.

단순한 흥미일 수도 있고, 내게 보내는 우호의 뜻일 수도 있고.

'확실히 마력의 향이 짙군.'

심연보다 더 짙은 것 같았다. 무슨 괴물을 풀어놔도 빠르게 성장할 정도다.

나는 던전 전체를 샅샅이 뒤졌다. 항시 심안을 열어놓은 채 길을 개척하며 숨겨진 장소를 찾고자 했다.

삼 일이 지날 때쯤, 던전 전체를 돌아볼 수 있었고 그중 가장 의심이 가는 장소로 나는 발을 옮겼다.

'아카식 레코드로 인해 읽힌 장소.'

싱크홀 속에서 경합을 치를 때, 나는 숨겨진 문을 발견하고 들어간 바가 있었다. 거기서 고블린의 신을 만나 관리자의 권한인 '포식'을 얻었는데, 모두 아카식 레코드로 문을 발견한 덕이었다.

이번에도 마찬가지다.

오로지 내게만 보이는 문이 던전 전체에 몇 개 있었다.

나머지는 모두 뒤져 봤으나 특별한 게 나오지 않았다.

9층의 이곳 외엔 말이다.

'여기에 있기를 바라야겠군.'

분명히 특이 사항에 숨겨져 있다고 명시되어 있었으니, 존재하긴 할 것이었다.

나는 긴장 어린 발걸음으로 좁은 공간의 벽을 통과했다.

좌아아아악.

그러자 그 순간 내 발을 타고 올라오는 줄기가 있었다.

침입자를 막아서듯 굵은 나무줄기가 내 발을 묶으며 천천히 올라오고 있는 것이다.

나는 가만히 선 채로 주변을 둘러보았다.

어두침침한 던전의 내부가 완전히 변했다.

풀내음. 그리고 펼쳐진 거대한 자연!

'허.'

순수한 의미로 감탄했다.

거대한 나무들, 녹음의 푸르른 숲이었다.

넓지는 않았지만 생명력이 넘쳤다.

그리고 그 중심에…….

세상에서 가장 큰 나무가 있었다.

엘프들이 다루던 지혜의 나무도 보았지만, 저토록 크진 않았다.

하지만 보는 순간 저게 무엇인지 알았다.

알 수밖에 없었다.

'세계수…….'

꿀꺽!

침이 삼켜졌다. 숨겨진 던전 코어라는 게 설마 세계수였단 말인가?

이그드라실이라 칭해지는 세계의 나무. 세계를 관통할 정도로 커다란 이그드라실은 아니지만 분명히 눈앞의 나무는 '세계수'와 같은 뿌리를 지니고 있었다.

모든 존재의 어머니라 칭해지는 신성하기 짝이 없는 나무다.

그 앞에선 데몬로드조차 초라하게 보였다.

[세계수가 인식을 시작합니다.]

곧 다리를 타고 올라오던 뿌리가 내 전신을 휘감았다.

적의가 아니다. 온전히 세계수가 나를 알아보기 위함이었다.

나는 눈을 감았다.

그리고 '동화'가 시작되었다.

다시 눈을 떴을 때, 나는 나의 방에 눕혀져 있었다.

“정신이 드셨습니까?”

라이라. 놀란 표정의 그녀가 나를 시중하는 중이었다.

“왜 내가 이곳에 있지?”

“저도 모르겠습니다. 갑자기 던전의 밖에 쓰러져 계셔서 급히 옮겨왔지만…….”

“시간이 얼마나 흘렀지?”

“그로부터 10일가량이 지났습니다.”

깊은 꿈을 꾼 기분이었다.

당장은 기억이 안 나지만, 두통이 올라와 머리를 저었다.

“저, 그리고…….”

라이라는 걱정의 표정과 함께 미묘한 감정으로 말했다.

“무슨 일이 있는 건가?”

“그게.”

“빠!”

라이라의 말이 끊기기 무섭게, 금발의 머리칼을 지닌 여자아이가 문을 열고 들어왔다.

이제 8살 정도나 되었을까.

찬란한 황금빛 눈동자와 천사와 같은 외모를 지녔다.

절로 ‘깨물어주고 싶다’고 칭할 수준의 파괴력이 있었다.

만약 길을 걷다 발견했다면 납치하려고 하는 사람이 넘쳐날 것이다.

"처음 보는 아이인데?"

"아빠!"

"아빠?"

의아함에 바라보자 작은 여자아이는 뭐가 그리 좋은지 헤실헤실 웃어 보일 따름이었다.

눈과 눈이 마주쳤다.

그러곤 내 눈에 비친 자신의 모습을 바라보다가 혼자 무언가를 깨달았다는 듯 아! 하고 탄성을 내지르더니.

푸앙! 소리와 함께 터졌다.

정말로 터졌다.

전신이 터지는 것처럼 보였다.

이어 짙은 연기가 깔리고, 그 연기 안에서 작은 생명체 하나가 나를 향해 돌진했다.

꾸룩!

어쩐지 익숙한 외형. 그리고 익숙한 소리.

하지만 나는 눈을 깜빡일 수밖에 없었다.

이런 현상은 듣도 보도 못했다.

어안이 벙벙한 상태에서 입을 열었다.

"……이그닐?"

분명히 눈앞의 황금용은 이그닐이 맞았다.

하지만 이그닐로 '변신'하게 된 경위를 떠올려 보면 여전히 믿기지 않았다.

방금의 그 여자아이가 정말 이그닐이라고?

'듣도 보도 못한 일이로군.'

용이 처음 등장했을 때에야 변신 마법을 이용해 그들이 인간으로 변할 수도 있다고 믿었지만, 잘못된 소문이었다는 게 금방 증명되었다.

용은 그저 용이다. 거대하고, 포악하고, 강력한.

그 모습에서 결코 변하지 않는다. 용의 모습 자체가 그들의 '격'을 나타내는 척도이기 때문이다. 설령 변신이 가능하다고 한들, 그들이 본모습을 버리고 더 약한 신체로 변할 이유가 없다.

그런데 변했다.

눈앞에서.

어린 인간 여자아이의 외형이었다.

끼루룩!

이그닐이 마구 뺨을 비볐다.

나는 어처구니가 없어서 라이라를 바라봤고, 물어보지 않았음에도 라이라가 한숨을 내쉬며 입을 열었다.

"로드께서 던전으로 향하신 다음 날이었습니다."

"무슨 일이 있었던 거지?"

"저도…… 잘 모르겠습니다. 이상한 유골을 가지고 노는 모습은 보았습니다만…… 용이 변신을 한다는 이야기는 처음 들어보아서 저도 당황스럽습니다."

라이라의 표정엔 아직도 당황함이 가시지 않고 있었다.

나는 라이라의 말을 되새겼다.

유골!

카오스 미믹에서 나온 그 뼈를 말하는 모양이었다.

그래, 그나마 원인을 찾아보자면 그것뿐이었다.

"유골은 어디 있지?"

"저도 찾아보았지만 사라졌습니다."

이그닐에게 시선을 옮겼다.

끼유?

이그닐은 천진난만하게 고개를 갸웃했다.

그러더니 다시 푸앙! 소리와 함께 터졌다.

전신이 폭사하듯 터지고 짙은 연기를 뿜어내더니 여자아이로 변한 것이다.

이미 한 번 변하며 입었던 옷이 바닥에 떨어졌는지라, 전라의 모습으로 헤헤 웃으며 마구 뺨을 비벼댔다.

"그런데…… 왜 하필 인간 따위의 모습을 하고 있는 것인지 알 수가 없군요."

인간 따위.

마족인 라이라의 입장에선 당연한 말이다.

마족의 모습이 아닌 것에 대하여 약간 실망하는 말투이기도 했다.

'인간의 유골이었던가?'

곰곰이 생각해 봤다. 인간이라고 하기엔 더 작은 유골이었지만, 언뜻 인간의 것과 닮기는 하였다. 하지만 그래도 그 이유 때문만은 아닌 듯싶었다.

이그닐과 나의 심상은 연결되어 있다. 이그닐의 감정을 나는 느낄 수 있고, 내 감정을 이그닐은 느낄 수 있다. 그리고 어쩌면 이타콰와 이그닐은 내가 느끼는 영역보다 더욱 많은 것을 이미 알고 있을지도 몰랐다.

인간 오한성으로서의 자아가 영향을 끼쳤을 수도 있는 일이었다.

'심안.'

더 자세한 사항을 확인하기 위해 심안을 열었다.

['이그닐' 의 정보가 갱신됩니다.]

이름: 이그닐(value-367,000)

종족: 황룡(黃龍)

칭호:

- ???(10Lv, 마력+20)

● 염왕의 부름(9Lv, 지능마력+9)

능력치:

힘 38a 민첩 35a 체력 30b

지능 64(55+9)s 마력 108(79+29)ss

잠재력(237+38/485)

특이 사항:

-성현의 가호, 염왕의 힘을 이어받았습니다.

-알 수 없는 원인으로 마력의 정수를 깨달았습니다.

스킬: 염력(6Lv), 염왕의 숨결(7Lv), 마력폭류(6Lv), 올인원(9Lv)

"……!!"

놀랐다. 놀라지 않을 수 없었다. 우리엘 디아블로로서 항시 품위를 지켜야 한다는 건 알지만 너무나도 놀라서 자연스럽게 나온 행동까지 어찌할 순 없는 노릇이었다.

12만가량의 가치가 뛴 것도 뛴 거지만, 그 '원인'에 시선이 쏠린다.

나조차도 제대로 읽을 수 없는 10레벨의 칭호. 그것도 가장 귀하다는 마력을, 무려 20이나 올려주는 칭호가 떡하니 박혀 있었던 것이다.

'마력 수치가 100을 넘겼다.'

순수 마력도 상승한 덕택에 마력 수치가 순식간에 100을 돌파해 버렸다. 100은 가장 큰 벽으로도 불리는 수치. 마력은 스킬을 강력하게 만들어주기도 하지만, 그 존재 자체의 '격'을 나타내기도 한다.

외견은 여자아이지만 쉽게 범접할 수 없는 위엄을 지니고 있었다.

데몬로드가 아닌 다른 하급의 생물이었다면 가까이 다가가지조차 못하리라.

스킬도 하나 생성되어 있었다.

All in one. 모두 하나로 되었다는 뜻을 가진 단어가 스킬창에 있는 것을 보고, 그것의 레벨이 9인 것까지 파악한 다음엔 거세게 심장이 뛰어댈 수준이었다.

'9레벨의 스킬은 준권능이라 칭하지.'

급이 낮은 스킬은 아무리 올려도 9레벨까지 끌어올리는 게 거의 불가능하다. 어느 정도 급이 있는 스킬의 경우 9레벨에 도달한다면, 우리는 그 스킬을 '준권능에 달했다'고 보는 것이다. 10레벨이면 감히 권능 그 자체라 할 수 있었다.

그런데 처음 보는 이름의 스킬이 처음부터 준권능급의 경계에 도달해 있었으니 어찌 놀라지 않을 수가 있겠는가!

올인원. 아마도 저 스킬이 이그닐을 변신하게 만든 원인일 터였다.

"아빠!"

여자아이로 변신한 이그닐은 말도 할 줄 알았다.

이윽고 고개를 돌린 이그닐이 라이라를 손가락으로 가리키며 말했다.

"엄마!"

"……모습은 상관없을지도 모르겠군요."

흠흠 하고 라이라가 헛기침을 했다.

이그닐의 그 한마디에 인간 따위라고 했던 자신의 평을 철회한 것이다.

"이그닐, 이리로 오세요."

그러곤 이그닐을 억지로 들더니 옷을 갈아입혔다. 검은 곰의 털로 만든 잠옷은 어렸을 적 라이라에게 우리엘 디아블로가 만들어준 것이었다.

"답답해."

이그닐은 옷을 입은 자신을 내려다보며 입술을 쭉 내밀었다.

용은 본래 아무것도 입지 않는다. 그야 답답할 만도 했다.

"답답해도 입어야 돼요."

"왜?"

라이라도 이그닐을 대할 땐 사근사근한 어조였다. 평소 다른 이들을 대할 때와는 천지 차이. 이그닐이 그녀를 '엄마'라고 칭했기 때문일까?

나를 제외하고 라이라가 이런 모습을 보이는 건 처음 봤다.

"옷은 스스로의 가치를 지키는 도구니까요."

"이그닐. 알아. 가치. 포인트."

"가치라는 게 포인만으로 정해지는 건 아닌데……."

이그닐의 화법에 라이라가 말렸다.

그나저나 이그닐이 언급한 가치가 포인트라는 말은 아마도 나로부터 비롯된 것일 터였다. 심안으로 살피는 가치는 모든 게 포인트로 변환되어 있었으니 말이다.

내 머릿속엔 가치=포인트라는 공식이 자리 잡혀 있었고, 그 개념을 이그닐도 공유하고 있는 것 같았다.

'개념을 공유한다, 라.'

감정의 공유까진 알고 있었지만 설마 내가 알고 있는 개념마저 알고 있을 줄은 몰랐다. 내 행동이 이타콰와 이그닐에게 굉장히 큰 영향을 끼친다는 방증이기도 했다.

나는 이그닐과 라이라가 투닥거리는 모습을 계속해서 지켜봤다. 심연에서 펼쳐지는 광경이라고는 할 수 없을 정도로 푸근한 모습.

절로 미소가 지어지는 광경이었지만 나는 애써 무표정을 유지했다.

"그런데 이그닐, 왜 갑자기 인간의 모습으로 변한 거죠?"

"몰라."

"몰라요?"

"잤어. 일어났어. 그러니까, 이 모습."

"가지고 놀던 유골은 어디 가고요?"

"어?"

이그닐이 눈을 깜빡였다.

여태껏 깜빡 잊고 있었다는 듯.

주변을 둘러보며 찾는 모습을 보이다가 눈을 크게 뜨곤 말했다.

"없어졌어."

"로드께서 주신 거라고 들었어요. 잃어버리면 안 되는 거잖아요?"

라이라가 나름 엄하게 꾸짖자 이그닐이 고개를 푹 숙였다.

"……잘못했어요."

"뒤에 한 단어가 빠진 거 같은데?"

"잘못했어요, 엄마!"

라이라의 미소가 더욱 짙어졌다. 이대로 가만히 두면 왜인지 코가 꿰일 것 같은 기분이 본능적으로 들었다.

"그동안 안 물어본 건가?"

10일가량 누워 있었다면 진즉에 풀렸어야 할 의문들이다.

라이라가 고개를 돌려 나를 바라봤다.

"예, 이그닐이 말을 하는 걸 싫어해서요."

"말. 어려워!"

"그런데 오늘은 로드의 앞이라고 재잘재잘 잘 떠드는군요."

"이그닐. 잘 떠들어!"

이그닐이 라이라의 손을 끌었다.

이후 내 손 위에 라이라의 손을 옮겨서 겹쳐 놓고 활짝 웃어 보였다.

"엄마. 아빠 좋아해."

"……."

"아빠. 엄마 좋아해."

"……."

"이그닐. 둘 다 좋아해!"

이그닐이 내 무릎 위로 올라와 까치발을 들고 서서 자신의 손도 함께 얹고는 말했다.

평소의 이그닐은 무슨 생각을 하는지 모를 '해바라기'였다.

내가 가면 가는 대로 고개가 움직이는.

설마 이런 생각을 하고 있었을 줄이야.

라이라가 슬며시 손을 뺐다.

"로드시여, 아직 이그닐이 어려서 잘 구분을 못 하는 모양입니다. 괘념치 마시길."

내가 어색하지 않도록 라이라가 먼저 이야기를 꺼냈다.

나도 작게 헛기침을 내뱉었다.

나와 라이라의 관계는 그야말로 '미묘함' 그 자체였다. 예전보다 가까워진 것은 확실하지만 아직은 서로가 서로를 있는 그대로의 모습으로 알아가는 중이었다.

있는 그대로.

어쩌면, 오한성일 때의 나조차도 라이라는 받아들여 줄지도 모른다는 일말의 기대감이 있긴 했지만…….

'이 역시 내 모습이다.'

나는 인정했다. 우리엘 디아블로, 그가 나에게 사명을 넘긴 순간 나는 오한성임과 동시에 우리엘 디아블로가 되었다.

앞으로의 미래는 어찌 될지 모르는 미로 속이다. 벌써부터 재단할 필요는 없을 것이다. 다만, 더 나은 미래를 위해 나는 움직일 것이었다.

"로드시여?"

라이라의 목소리에 정신이 깼다.

고개를 끄덕이며 입을 열었다.

"던전을 마저 둘러봐야겠다."

"이번엔 저도 따르겠습니다."

라이라의 표정에 고집이 보였다. 절대로 이것만큼은 양보하지 않겠다는 뜻.

아마도 내가 던전에서 기절하여 돌아온 데에 대한 경각심을 가지고 있는 듯싶었다. 그 이유를 알아내려고 하는 것이겠지.

하지만 그 모든 건 '세계수'와의 동화 때문이다.

계약이라고 해야 할까.

애매한 기억이지만, 세계수를 다시 보면 모두 떠오를 터였다.

"마음대로 하도록."

고개를 끄덕이고 자리에서 일어났다.

이그닐과 라이라가 내 뒤에 따라붙었다.

9층에 위치한, 세계수로 향하는 숨겨진 문을 향해 계속해서 걸어 나갔다.

오로지 나만이 볼 수 있었다. 아카식 레코드, 무한의 개념을 깨우치며 엿본 우주의 정보 집합체. 나는 그것을 가지고 있었기 때문이다.

"문!"

하지만 이그닐은 숨겨진 장소를 정확히 손으로 가리켰다.

'뭐지?'

나만 볼 수 있는 게 아니란 말인가?

"로드시여, 이곳에는 아무것도 없습니다만……."

라이라와 같은 반응이 정상이다.

사방이 가로막힌 장소. 더 나아갈 수도 없는 이곳에 누가 '문'이 존재한다고 생각하겠는가.

하지만 이그닐은 분명히 그 '문'을 바라보고 있었다.

"여기다."

"예?"

짧게 말하며 나는 숨겨진 장소를 향해 들어갔다.

"환상 마법?"

벽으로 들어가자 라이라가 갸웃했다

환상 마법과 비슷하지만 파악하기가 극도로 어려운 환영인 셈이다.

이윽고 라이라와 이그닐이 조심스럽게 '문'을 건넜다.

좌르르륵.

동시에 굵은 나무뿌리가 다리를 감쌌다.

"이건 대체……?"

"보아라."

내가 바라보는 방향을 라이라가 바라봤다.

그러곤 눈을 동그랗게 떴다.

"설마……?"

"생각하고 있는 게 맞을 것이다."

"세계수! 정말 세계수란 말인가요?"

믿기지 않는다는 투였다. 나도 처음엔 잘못 본 건가 싶었으니 이해가 됐다.

[세계수가 사용자를 인식합니다.]

[인식이 완료되었습니다.]

나는 걸었다.

다리를 묶던 나무줄기도 어느새 사라져 있었다.

그리하여 세계수에 닿았다.

[세계수는 '잠든 별의 던전'의 중추 역할을 하고 있습니다.]

-던전에 존재하는 모든 생명체의 성장 속도가 1.5배 빨라집니다.

-번식 속도가 1.5배 증가합니다.

-번식 시 강한 개체의 출현 빈도가 상승합니다.

-세계수의 나뭇잎은 강력한 회복의 힘을 지니고 있습니다.

-세계수를 수호할 종족을 설정하십시오. 그들은 이를 더할 나위 없는 영광으로 여길 것이며, 수호하는 종족에겐 던전 안에서 세계수의 축복이 부여됩니다.

-세계수는 세계를 잇는 나무입니다. 세계수의 주인은 특정 조건이 만족되면 모든 '문'을 이용할 권리를 얻습니다.

던전의 중추.

숨겨진 던전 코어!

그 기능이 문자로 나열됐다.

감히 '괴물의 양성' 부분에 있어선 더할 나위 없는 것들이다.

어째서 안달톤 브뤼시엘이 탐을 냈는지 알겠다.

무엇을 가져다 놔도 빠르게 크고, 빠르게 번식하며 질서를 잡아갈 터였다.

하지만 내 눈길을 끈 건 마지막 부분이다.

'문'을 이용할 권리.

'특정 조건이라면 지혜의 나무 같은 걸 말하는 건가?'

지혜의 나무가 있는 곳이라면 서로 연결될 수 있다고 했다. 더 정확한 건 '심연의 지평선'을 이끄는 다크엘프 엘더 '자낙'에게 물어봐야겠지만, 민식이가 강남 한복판에 지혜의 나무를 심은 것도 엘프들과 연결되기 위해서였다.

그렇다면…….

나 역시도 지구로의 '통행'이 가능한 건지.

"문!"

그때였다.

퐁! 소리와 함께 여자아이의 모습이었던 이그닐의 등에서 작은 날개가 돋아났다.

그러곤 날개를 펄럭이며 세계수의 안으로 들어갔다.

마치 흡수되듯.

말릴 틈도 없었다.

"이, 이그닐이……."

라이라가 다급히 이그닐이 사라진 곳을 두드려 보았다.

하지만 세계수는 굳건히 뻗어 있을 뿐, 아까처럼 안으로 들어갈 순 없게 되어 있었다.

나 역시 이맛살을 구겼다.

이그닐의 돌발행동에 당황한 건 나도 마찬가지였다.

그리고 손을 뻗어 그 장소에 다가서자.

[균열이 미약해 8Lv 이하의 것만 '문'을 통과할 수 있습니다.]

['우리엘 디아블로'의 종합 레벨은 12입니다. '조건'이 만족되지 않아 '문'을 통과할 수 없습니다.]

균열의 크기. 일전 내가 '문'을 만들었을 때와 비슷한 문구다.

하지만 그때는 5Lv 이하만 가능했다. 세계수를 통해선 8Lv 이하까지 운반이 되는 듯싶었다.

그래 봤자 나는 넘어갈 수 없다는 게 문제이긴 했지만.

'어떻게 된 거지?'

아니, 애당초 세계수를 통한 '문'을 이용할 권리는 나에게

만 있는 게 아니었나?

게다가…… 더욱 놀라운 건 나조차도 들어갈 수 없는 문을 이그닐이 들어갔단 점이다.

믿기지 않는 일이었다.

이 역시 '변신'하며 생겨난 현상 같았다.

아까 아카식 레코드를 통해 우연히 발견한 문도 이그닐은 파악한 바가 있었으니.

설마 모든 문을 보고 이용할 수 있는 권한이라도 얻은 걸까.

하지만, 그럼에도 대관절 무슨 일이 일어난 건지 이해가 되지 않았다.

"로, 로드시여. 이그닐이 없어졌습니다."

평소에는 결코 볼 수 없는 모습.

라이라는 크게 당황하고 있었다.

나 역시 마찬가지였다.

'어디로 간 거지?'

이그닐이 주변을 둘러봤다.

산처럼 높은 건물들.

심연에서 볼 수 없는 태양에선 햇볕이 쨍쨍 내리비추고 있었다.

이그닐은 그 빛에 절로 눈을 감았다가 다시 떴다.

"코스프레?"

"와, 엄청 귀엽다!"

"나 이렇게 귀여운 애 처음 봐!"

도심의 한복판.

지혜의 나무 그 근처를 거닐자 주변으로 사람들이 모여들었다.

이그닐은 멀뚱히 그런 사람들을 쳐다봤다.

"아, 진짜 미치도록 귀엽다."

"애야, 엄마는 어디 갔니?"

"미아니?"

말이란 건 참 어렵다.

특히 지금 사람들이 하는 '말'은 심연의 그것과 다르다.

하지만 이그닐은 모두 알아들었다.

심지어 그들의 말도 어느 정도는 구사할 수 있었다.

"미아. 아니야."

"그럼? 아빠랑 엄마 어디 있어?"

"저기!"

이그닐이 지혜의 나무를 가리켰다.

그 즉시 이어서 반대 방향을 가리켰다.

"저기!"

"저기 어디?"

"하늘?"

사람들은 고개를 갸웃했다.

사실 이그닐도 잘은 모른다.

하지만 한 가지는 확실했다.

이그닐이 이곳에 온 이유.

또 다른 아빠를 만나기 위해!

이그닐은 뒤뚱뒤뚱 거리를 걸었다. 날개는 들어갔지만 곰의 털로 만든 투박한 잠옷과 신비한 외모가 눈길을 잡아끄는 건 어쩔 수 없었다.

이그닐에 눈에 비친 지구는 무척이나 신기했다. 복잡하기도 했고, 반대로 심연과는 전혀 다른 내음이 아직 적응이 되지 않았지만, 조금은 친근한 면도 없지 않아 있었다.

다른 아빠의 존재를 이그닐은 알고 있었다. 이타콰가 따라갔다는 것도 인지한 상태였다. 가끔 잠에 들면 '오한성'의 눈을 통해 이그닐도 같은 세상을 바라본 덕이다.

그래서 언제고 꼭 와보고 싶었다.

그런데 '변신'을 한 뒤에 이그닐은 모든 걸 볼 수 있게 되었다.

세계와 통하는 문. 세계수와 통하는 여러 '문' 중에 지구와 연결된 게 있다는 것을 깨닫고 무작정 발을 옮긴 것이다.

"어엇! 무, 문이 열렸다!"

"다 도망쳐!"

"꺄아아아악!"

어느 정도를 걸었을까.

갑자기 사방에서 비명이 터져 나오며 순식간에 도로가 아수라장으로 변했다.

차를 놓고 도망가는 사람들, 비명을 내지르며 몸을 부들부들 떠는 사람들.

순식간에 상가 건물 하나가 무너지며 거대한 박쥐가 튀어나왔다.

키리리리리리리릭!

크기만 5m에 이르는 거대한 새는 초음파를 이용해 주변 건물들을 무너뜨렸다.

'괴수박쥐'라 불리는 5Lv의 괴물이었다.

괴수박쥐는 건물을 무너뜨리고, 자동차를 찌그러뜨리며 거대한 날개와 이어진 발을 놀렸다.

"아…… 아아……!"

할머니를 돕느라 미처 도망가지 못한 남자가 거대한 박쥐의 그림자를 보곤 전신을 굳혔다. 그저 비명을 지르는 게 그가 할 수 있는 전부였다.

그림자가 드리워지는 순간 남자는 눈을 감았다.

그리고 몇 초가 더 지났다.

"……?"

예상한 것과 다르게 아무런 고통이 없자 남자는 슬며시 눈을 떴다.

남자의 앞에 웬 금발의 여자아이가 서 있었다.

고작 8살은 되었을까. 옆모습은 마치 천사라고 해도 좋을 정도로 순수하고 귀여웠다. 아무것도 모를 것만 같은 아이가 괴수박쥐를 바라보며 이를 드러내는 중이었다.

그리고 더욱 놀라운 건, 그런 여자아이를 앞에 둔 괴수박쥐가 마치 석상처럼 꿈쩍도 하지 않고 있다는 점이었다.

"아, 아이야, 도망……."

"캬아아!"

남자가 용기를 내어 입을 연 찰나, 여자아이가 양손을 오므리고 흉내를 내듯 발성을 했다. 무섭기는커녕 심장에 좋지 않을 수준의 귀여움.

키, 키릭, 키리릭!

그런데 더욱 놀라운 건 거대한 괴수박쥐가 급히 꼬리를 말고 도망가기 시작했다는 것이다.

남자는 자신의 눈을 믿을 수가 없었다.

이게 대체 어떻게 된 일이란 말인가?

놀라운 일은 거기서 그치지 않았다.

"떼찌."

여자아이, 이그닐이 손뼉을 쳤다.

한 차례.

그러자.

펑!

소리와 함께 괴수박쥐가 허공에서 폭발해 버렸다.

정확히 말하자면…… 찌부러졌다. 전신이 찌부러져서 폭발하는 것처럼 보였다.

살점과 피, 뼈가 허공에서 비산하며 바닥에 떨어졌고 이그닐은 할 일을 했다는 듯 손을 털어버렸다.

그러곤 고개를 돌리더니 남자를 바라봤다.

"좋은 사람. 착해."

쪽!

이그닐이 남자의 손등에 입술을 맞췄다.

할머니를 구조하고, 겁을 먹은 상태에서도 손을 뻗으려 한 용기를 칭찬한 것이다.

동시에 남자의 몸에 난 상처가 순식간에 아물어가기 시작했다.
그뿐인가. 활력이 넘쳤다. 힘이 강해졌다.

[각성했습니다.]
['현안의 축복' 을 부여받았습니다. 스킬의 숙련도가 빠르게 올라갑니다.]

심지어 각성자가 되었다.
'문'에는 접촉한 적도 없었는데 말이다!
남자가 어안이 벙벙하여 허공에 떠오른 글자를 읽고 급히 이그닐 쪽을 바라봤다.
"어, 어디 간 거지?"
하나 이미 이그닐은 신기루처럼 사라진 뒤였다.
주변을 둘러봤지만 여자아이의 흔적은 어디에도 없었다.
오로지 조각난 괴수박쥐의 잔해만이 존재할 뿐이었다.
"아포칼립스 길드에서 구조대가 도착했습니다!"
"시민 여러분 안심하십시오! 아포칼립스 길드에서 구조대가 도착했습니다!"
열댓 명의 제복을 입은 사람이 순식간에 현장에 도착했다.
그들은 괴수박쥐의 잔해를 바라보다가 생존자인 남자에게 다가가서 물었다.

"괴수가 출몰했다는 신고를 받고 출동했습니다만 어떻게 된 일입니까? 왜 괴수가 퇴치되어 있는 겁니까?"

"그, 그게 웬 여자아이가……."

"여자아이가?"

"저, 저도 무슨 일인지 모르겠습니다."

그저 남자는 꿈을 꾼 것만 같은 표정을 지어 보일 따름이었다.

엘프와 인간의 교류가 시작되고 보름가량이 흘렀다. 인간 선발대와 엘프 선발대가 서로 나뉘어 각자의 세계를 탐방했는데, '지구'로 향한 엘프 선발대는 도합 100명이었다.

"지구란 곳은 너무 오염됐어요."

"여기는 엘프들이 살기에 적합하지 않은 공간이군요."

아포칼립스 길드가 마련해 준 공중정원.

그곳에 모인 엘프들이 지구를 솔직하게 평가하는 중이었다.

그 중심에, 하이엘프 오르모아가 있었다.

"지구의 인간과 우리들은 협력 관계입니다. 서로를 폄하하는 것 좋지 않아요."

"하지만 오르모아 님, 그들은 너무 불결한걸요."

"정령이 없어요. 대지가 울부짖고 있어요."

"기술의 진보는 인정하지만 대신 자연이 죽었어요."

확실히 지구는 엘프가 살기에 적합한 공간이 아니었다. 고작 일주일밖에 안 있었지만 급격한 환경의 변화에 엘프들의 몸이 허약해져 가고 있었다.

그리고 오르모아의 옆에 시리아가 서 있었다.

"시리아, 미안해요. 그대들은 우리를 배려해 줬지만…… 엘프로서 힘든 건 어쩔 수 없네요."

"이해해요, 오르모아. 지구의 환경이 황폐해지고 있다는 건 누구나 인정하는 사실이니까요."

이 공중정원은 최대한 맑은 공기만을 유입시키도록 지어진 돔 형태의 공간이다. 엘프들을 위해 특별히 마련한 공간이지만, 그럼에도 진짜 자연과는 차이가 있었다.

"그간 많은 인간을 만나봤어요. 그들의 탐욕을 읽었지요. 그대들이 이토록 놀라운 발전을 어떻게 일궈냈는지 이해할 수 있었지만, 또 한편으로는 두렵더군요."

"무엇이 말인가요?"

"그들의 탐욕이 저희에게 어떠한 파장을 낳을지. 저는 우리의 세계가 이곳과 같아지길 바라지 않아요."

인간은 탐욕스럽다. 오로지 탐욕으로 움직이는 존재다.

그들의 손이 엘프에게 뻗친다면 아수라장이 될 것이다.

시리아는 씁쓸하게 웃었다.

“걱정 마세요. 무슨 일이 있더라도 엘프들이 이용당하는 일만큼은 막아낼 테니까요. 그가 안 한다면 저 혼자서라도…….”

그. 김민식. 아포칼립스의 길드 마스터.

그는 분명히 탐욕적이었다. 누구보다 더한 욕망이 있었다. 하지만 자신이 정한 ‘선’은 넘지 않았다. 적어도 그가 있는 한 엘프들이 크게 손해를 보는 일은 발생하지 않을 것이다.

물론 ‘선’을 넘으려는 순간, 시리아는 사력을 다해 막아설 생각이었다.

오르모아가 작게 미소 지었다.

“고마워요. 사람들이 왜 시리아를 성녀라고 부르는지 알겠군요. 그런데…….”

“하고 싶은 말이 있으면 편히 하세요.”

“저 아이는 누구죠?”

아이?

시리아는 오르모아가 쳐다보는 방향으로 고개를 돌렸다.

그리고 잠시 할 말을 잃었다.

to be continued